Wilma Klevinghaus

Die Scheune

2004
Alle Rechte bei der Autorin
Covergestaltung: Wilma Klevinghaus
Herstellung und Verlag;
Books on Demand GmbH, Norderstedt

ISBN 3-8334-1677-7

1.

Seit ein paar Tagen schien noch einmal der Krieg ins Stocken geraten zu sein. Nachdem der einst als unüberwindbar gepriesene Westwall dem Ansturm der geballten alliierten Panzereinheiten keinen nennenswerten Widerstand mehr entgegensetzen konnte, waren die Alliierten fast ungehindert über die Mosel und die Nahe vorgedrungen. Doch in diesem unauffälligen Hügelland waren sie unerwartet auf Gegenwehr gestoßen und verbrachten die Tage abwechselnd mit Ausweichmanövern und neuen Angriffen. Es gab zwar keine großen Schlachten; man schien auf beiden Seiten das Risiko so gering wie möglich halten zu wollen. Auf ein paar Tage mehr oder weniger kam es offenbar nicht an. Der Krieg war ohnehin längst entschieden und fand in dieser Gegend mehr in der Luft als am Boden statt.

Während im Osten noch immer erbitterte Kämpfe in Schlamm und Kälte tobten, war nun Mitte März im Westen mit Macht der Frühling ausgebrochen, als versuche die Erde selbst sich gegen die Schrecken zu wehren, die auf ihr wüteten. Doch die Menschen in den kleinen Dörfern nahmen seine Schönheit kaum wahr. Stärker als je dröhnte und donnerte es über ihren Köpfen. Jetzt, da sie kaum mehr Abfangjäger zu fürchten brauchten, wagten es die schweren Bombergeschwader schon am Tage auszuschwärmen, um auf die Reste der Städte, die noch nicht in Trümmern lagen, ihre tödliche Last abzuwerfen.

Vor ihnen fühlten sich die Einheimischen und die aus den Städten Evakuierten in den Dörfern einigermaßen sicher, wären da nicht die kleinen Flitzer gewesen, die urplötzlich auftauchten und mit ihren Bordkanonen alles in Angst und Schrecken versetzten. Ehe man sie noch sehen konnte, waren sie schon über einem und streuten auch auf das so friedlich scheinende Bauernland Tod und Verderben aus.

Nur am frühen Morgen und gegen Abend wagten die Bauern sich noch im Schutz der Dämmerung an die Feldbestellung. Jetzt, am hellen Mittag, lag das Land wie ausgestorben.

Durch das Niemandsland versuchten die Panzer einen neuen Anlauf. Seit Tagen schon ging es wie ein Katz-und-Maus-Spiel hin und her. Die Bevölkerung hatte sich offenbar in die Keller verkrochen oder war in die kleinen Waldstücke, die immer wieder das Ackerland unterbrachen, ausgewichen. Nicht ausgeschlossen, dass sich auch Wehrmachtseinheiten dort versteckt hielten und neue Angriffe vorbereiteten.

Auch in dem kleinen Dorf auf der Höhe, auf das die Panzergruppe zurasselte, war alles still. Die Schreie der Menschen – so weit es solche gab, was anzunehmen war – drangen noch nicht zu den Männern in ihren Stahlkolossen durch. Schwarzer Rauch stieg aus dem Dorf auf, bisweilen von lodernden Flammen unterbrochen. Was genau brannte, konnte man aus dem Panzer nicht erkennen. Es schien eine Scheune zu sein, vermutlich mit Stroh gefüllt. Wahrscheinlich versuchten die Bauern mit ihren bescheidenen Mitteln, den Brand zu löschen.

Es ging ziemlich steil bergan. Sie mussten sich über die Felder vorwärts quälen; denn die Feldwege, die zu den einzelnen Parzellen führten, waren eng und zumeist an ihren Rändern von Obstbäumen gesäumt. Ihre dicken Knospen leuchteten im Sonnenlicht.

„Ein schönes Land", meinte Luitenant Smith, „Scheint eigentlich ganz fruchtbar zu sein. Ich verstehe nicht, warum meine Urgroßeltern das alles aufgegeben haben."

„Deine Urgroßeltern?" fragte der Sergeant neben ihm, „Was hat das mit denen zu tun?"

„Die müssen aus dieser Gegend stammen nach dem, was mein Großvater mir als Kind erzählt hat."

„Interessant. Hätten sich wohl nicht träumen lassen, dass ihr Urenkel einmal auf diese Weise das alles kennen lernen würde."

Er hielt die eine Hand wie einen Schirm vor die Augen.

„Moment mal! Da kommt doch einer!" Jetzt sah es auch Smith. Eine klapprige Gestalt stolperte mit hoch erhobenen Armen auf sie zu.

„Ein Überläufer?" fragte Smith, „Ein junger Kerl noch. Aber er trägt keine Uniform."

„Hat er vielleicht weggeschmissen. Sicher einer von hier, der keine Lust hat, weiter seinen Kopf für diesen Verrückten hinzuhalten."

„Genauso verrückt. Wenn sich hier noch deutsche Feldjäger versteckt halten, ist er dran. Ich würde es zumindest leichtsinnig nennen, so ungedeckt einfach dem Gegner in die Arme zu laufen."

Mittlerweile war der Mann so nahe herbei gekommen, dass sie sein Gesicht ausmachen konnten. In diesem Augenblick ballerte es aus einem der andern Panzer. Ein Geschoss pfiff über ihnen her und klatschte dicht neben dem Ankömmling auf die Erde. Schreiend sank er nieder. Smith lachte verächtlich. Aber der Sergeant geriet in Aufregung.

„Halt!" schrie er, „Hört ihr denn nicht? Nicht weiterfahren! Das ist ein Jude!"

„Ein Jude?" lachte Smith, „Es gibt doch gar keine Juden mehr in Deutschland. Die haben sie längst alle umgebracht."

„Das ist ein Jude!" beharrte der Sergeant und machte Anstalten, aus dem Gehäuse zu klettern. Der Mensch an der Erde schrie noch immer. Aber es war kein Schmerzensgeheul. Nun konnte auch Smith deutlich einzelne Worte erkennen, auch wenn er sie nicht verstand.

„Er ruft das SCHMA ISRAEL!" stöhnte der Sergeant.

„Das was?"

„Das heiligste Gebet. Jeder Jude ruft es laut im Sterben oder in Todesgefahr. Ich kenne es, bin selbst Jude."

„Wenn du meinst ..."

Der Panzer hielt. Mühsam rappelte der am Boden Liegende sich auf. Der Sergeant rannte auf ihn zu.

„Bist du verletzt?" fragte er auf Hebräisch. Der Andere rieb sich die Augen.

„Nicht sehr", stöhnte er auf Englisch, „Aber ..."

„Wie um alles kommt dieser Mensch hierher?" fragte Smith.

„Einer hat mich versteckt", antwortete der am Boden mühsam, „Eineinhalb Jahre lang. Ein guter Mensch. Aber nun kann ich nicht mehr zurück in das Versteck. Nehmt ihr mich mit?"

2.

Schon eine geraume Zeit saßen die beiden jungen Leute in der kleinen Teestube oder was es war, erschöpft von den so schnell nicht zu verarbeitenden Eindrücken der vergangenen Tage. Ohne eigentlichen Genuss, fast mechanisch löffelten sie das Eis und schwiegen einander an. Wie lange sie hier saßen, hätten sie nicht sagen können. Es war, als sei ihnen in dieser Stadt, die alle Höhen und alle Tiefen der Menschheit in sich zu vereinen schien, auch ihr Zeitgefühl abhanden gekommen.

Sie empfanden es als angenehm kühl in diesen offenbar schon recht alten Mauern, die wenigstens einen Teil der Mittagshitze abhielten, die jetzt auch Anfang November noch über der heiligen Stadt dreier Weltreligionen brütete. Mit der Zeit hatten auch ihre Augen sich an das nach der grellen Helligkeit des Tages scheinbare Halbdunkel des kleinen Raumes gewöhnt.

Sie hatten den Nachmittag zur freien Verfügung und schon am Vorabend beschlossen, sich ohne Führer die Altstadt noch einmal anzusehen und waren ohne großes Nachdenken in das kleine Lokal eingetreten, das an einem ihrer Wege lag. Dass es sich dabei wohl mehr um einen Einheimischentreff handelte, war ihnen erst aufgefallen, als sie schon Platz genommen hatten. Vor allem Renate fühlte sich ein wenig unbehaglich als einzige Frau im Raum. Aber auch Martin spürte eine leichte Beklommenheit zwischen den meist alten Männern, einige dabei mit Ringellocken und Bärten. So saßen sie müde da und schwiegen sich an.

Nicht, als ob sie einander nichts zu sagen gehabt hätten. Aber zu viel war auf sie eingestürmt in diesen Tagen, obwohl sie beide geglaubt hatten, gut darauf vorbereitet zu sein. Die Welt der Bibel, bisher ihnen in gleicher Weise vertraut und fremd, fast märchenhaft, umgab sie nun als Wirklichkeit auf Schritt und Tritt. Sie hatten es kaum zu hoffen gewagt nach all den Bedrohungen, von denen tagtäglich die Medien berichteten, das alles mit eigenen Augen sehen, mit eigenen Ohren hören zu dürfen, hatten dann aber doch die Gelegenheit ergriffen, mit einer kleinen Reisegruppe in den Herbstferien hierher zu fliegen.

Und dann war alles ganz anders gekommen als erwartet oder gefürchtet. Eine Art morgenländische Heiterkeit lag über der Stadt und dem Land, Gelassenheit, als schicke sie sich jetzt, ein halbes Jahrhundert nach dem schrecklichen Krieg, dessen Narben noch immer Europa an allen Ecken und Enden verunstalteten, zu so etwas wie Normalität zu finden. Das erlebte Miteinander der beiden großen Bevölkerungsgruppen passte so gar nicht zu dem Eindruck, den die Medien ihnen bisher vermittelt hatten. Dass sie lediglich das leise Schwelende unter der gefälligen Oberfläche einfach nicht hatten erkennen können, wurde ihnen erst zu Hause klar, als sie von dem Mord erfuhren, der wenige Tage später die Welt erschütterte und aus mühsam überwundenem oder nur unterdrücktem altem Hass neuen Hass und neue Verwicklungen heraufbeschwor.

An diesem Morgen hatten sie noch vor der Knesset gestanden und den begeisterten Worten ihres israelischen Reiseführers gelauscht, der sich nicht genug tun konnte, den Friedensnobelpreisträger an der Spitze seines Staates zu loben. Aber nicht das war es, was sie jetzt verstummen ließ. Es war der andere Eindruck dieses Morgens, der wie ein schwerer Druck seitdem auf ihnen lag und wie eine dunkle Wolke das Licht verdunkelte, das sie in diesen Tagen von allen Seiten umflutete.

Sie waren in Yad Vashem gewesen und mit einem Mal war das, worüber bei ihnen zuhause fast immer zu sprechen vermieden wurde, lebendige Gegenwart. Sie selbst, geboren lange nach dieser Zeit, spürten die unsichtbare Last, die auch auf ihren Schultern lastete. Immerhin waren auch sie beide Kinder des Volkes, von dem so Unfassbares getan oder wenigstens schweigend geduldet worden war.

Als sie endlich die letzten Reste ihres Eises verzehrt hatte, brach Renate wie üblich als Erste das Schweigen. Aber nicht über das Gesehene und Erlebte sprach sie. Oder doch? Ihre Gedanken fingen sich fest an den eigenen Eltern und Großeltern. Wo mochten sie wohl gestanden haben damals?

Die Großeltern ...

„Ich muss immer an deinen Großvater denken", meinte sie unvermittelt, „Wer weiß, ob er überhaupt noch lebt? Wir müssen unbedingt heute noch in Schneebergsweiler anrufen."

Martin kramte in seiner Jackentasche.

„Weißt du die Telefonnummer?" fragte er verwirrt, „Ich hatte sie mir aufgeschrieben – und jetzt weiß ich nicht mehr, wo."

„Du bist gut. Woher soll ich das wissen? Schließlich sind es doch deine Großeltern und nicht meine."

„Moment mal", sagte Martin. Sie sah, wie das Nachdenken ihn anstrengte, „Vielleicht weiß ich sie ja auswendig." Er nannte ein paar Zahlen, korrigierte sich und begann von vorn.

„Verflixt noch mal!" knurrte er schließlich, „So'n Mist! Was ich allenfalls noch zusammenkriege, ist die Nummer von Schneebergsweiler. Aber weißt du vielleicht die Vorwahl für Deutschland?"

Ehe Renate noch antworten konnte, hatte ein alter Mann am Nachbartisch sich schon erhoben und näherte sich ihnen rasch, aber in der schwerfälligen Art der Alten.

„Verzeihen Sie", begann er in etwas mühsamem Deutsch, „Ich habe eben in Ihrem Gespräch einen Namen gehört. Ist das möglich – nannten Sie wirklich Schneebergsweiler?"

Nun war es Martin, der stutzte. Schneebergsweiler, so ein kleines Nest, das außer der näheren Umgebung keiner kennt, - und hier, mitten in dieser Stadt im Herzen der Welt, fragt einer danach!

„Sie kennen Schneebergsweiler?" gab er staunend zurück, „Aber welches Schneebergsweiler?"

„Ich glaube nicht, dass es noch ein anderes Dorf mit diesem Namen gibt auf der Welt. Und ob ich es kenne! Gemeinde Germsbach".

„Genau", wunderte sich Martin, „So ein Zufall! Mein Vater stammt von dort. Mein Onkel führt jetzt den Bauernhof seiner Eltern. Sie leben noch heute bei ihm."

„Jedenfalls bei unserer Abreise noch", warf Renate ein, „Aber es geht ihnen sehr schlecht. Sie sind beide sehr krank."

Martin sah den Fremden mit unverhohlener Neugier an.

„Und Sie – woher kennen Sie Schneebergsweiler? Sind Sie etwa Deutscher?"

„Erraten. Ich bin Deutscher und habe als Kind in Schneebergsweiler gewohnt. Und dann noch einmal ein paar Monate bis Kriegsende." Er lachte bitter. „Falls man das Letzte wohnen nennen kann."

Auf fast unverschämte Weise musterte er Martin weiter.

„Wie alt ist Ihr Großvater?" fragte er endlich fast mit leicht zittriger Stimme und hielt sich an der Stuhllehne fest.

„Jahrgang zweiundzwanzig. Also dreiundsiebzig."

Die Hände des Alten krallten sich in das Holz.

„Dreiundsiebzig – wie ich." Er setzte sich, während seine Blicke sich weiter in Martin zu bohren schienen. Ein paar Mal schüttelte er den Kopf und atmete tief durch.

„Aber das ist doch nicht möglich!" fuhr er Martin musternd fort, „Es gab nur zwei Buben in unserm Alter, den Hannes und mich. Ein Jahr vor uns und ein Jahr nach uns hatten die Frauen nur Mädchen geboren." Noch einmal dieser prüfende Blick; dann schien er sich sicher zu sein:

„Er muss Ihr Großvater sein, Johannes Karger. Nicht nur deswegen. Schon eben, als Sie hereinkamen, war ich nahe daran, aufzuspringen und Sie zu umarmen. Aber dann sagte mir mein Verstand, dass der Hannes, wenn er noch lebt, genau so ein alter Kerl ist wie ich. Es kann gar nicht anders sein, Sie müssen sein Enkel sein. Diese Ähnlichkeit! Genau so, wie Sie jetzt aussehen, so habe ich Ihren Großvater in Erinnerung."

„Stimmt!" bestätigte Martin verlegen und überwältigt zugleich, „Das sagen die Alten in Schneebergsweiler auch immer. Ich muss ihm sehr ähnlich sehen. Mein Großvater ist tatsächlich Johannes Karger."

„Der Hannes!" Der alte Mann sprang auf und umarmte ihn. Es sah aus, als wolle er mit ihm tanzen. Und plötzlich richtete er sich auf in seiner ganzen Länge und rief laut in das Lokal hinein, erst auf Ivrit, dann etwas mühsamer auf Englisch:

„Seht alle her! Der Großvater dieses Mannes hat mir das Leben gerettet! Ein Gerechter unter den Völkern."

3.

„Er fängt wieder an", stöhnte Helga Karger, „Wir müssen den Doktor holen." Konrad seufzte.

„Er war doch erst heute Morgen hier. Wir können ihn jetzt nicht schon wieder ..."

Aber dann griff er doch zum Telefon.

„Der Vater", sagte er, „Es geht schon wieder los."

Dr. Koch kannte seinen Patienten. Er würde wieder einmal eine gehörige Dosis an Beruhigungsmitteln brauchen. Es wurde immer schwieriger, ihm diese zu verschreiben, ohne mit dem Betäubungsmittelgesetz in Konflikt zu kommen. Lange würde die Krankenkasse das nicht mehr mitmachen, dachte er. Und seine Leute auch nicht mehr. Die Frau, nun selbst über Siebzig, hatte längst durchgedreht, lag ebenso jämmerlich danieder wie Hannes Karger selbst. Weinte nur noch und seufzte vor sich hin. - Fragt sich, wer zuerst dran ist von den Beiden.

Sie hatte es nicht leicht gehabt mit ihm. So lange Dr. Koch ihn kannte – und das war sein ganzes Berufsleben lang – war Hannes Karger ein schwieriger Mensch gewesen. Wortkarg und rechthaberisch zugleich, drahtig und vom Körper her kerngesund, wenn man einmal von seinem krummen Bein absah, hatte er ihn nicht ein einziges Mal in seiner Sprechstunde gesehen. Erst in den letzten Jahren, wenn Sohn oder Schwiegertochter ihn riefen, hatte er ihn als Patient zu Gesicht bekommen. Das allerdings geschah in den letzen Monaten immer häufiger. Und jedes Mal, wenn ihr Hilferuf bei ihm eintraf, ließ er alles stehen und liegen und fuhr zu ihm.

Von weitem hörte er ihn dann immer schon schreien und brüllen, unverständliche Worte zumeist wie aus einer Sprache, die niemand verstand. Aber Hannes hatte nie eine fremde Sprache gelernt, war nie aus dem kleinen Schneebergsweiler hinausgekommen, höchstens einmal in die Kreisstadt oder im Winter die zwanzig Kilometer mit dem Fuhrwerk in das Solbad, wohin er die großen Reisigbündel lieferte, die sie dort für ihre Salinen brauchten.

Auch sein Vater hatte das schon getan. Die Landwirtschaft, die er betrieb, war schon bei seinen Eltern zu klein gewesen für all die Mäuler, die davon leben wollten. Seit Generationen waren Kinder der einzige Reichtum der Kargers gewesen. Und seit vor anderthalb Jahrhunderten der Franzosenkaiser die ganze Gegend links des Rheins als Eigentum seines Staates angesehen und seine Gesetze dort zu den allein geltenden gemacht hatte, bewirkte gerade dieser Reichtum, dass der Hof der Kargers immer kleiner wurde, weil jede Generation das ganze Erbe gerecht unter alle Kinder verteilen musste. So waren die Parzellen immer weniger und oft genug auch kleiner geworden. Und jeder hatte versucht, das Wenige, das auf ihn gekommen war, zu vermehren bis zur nächsten Generation. Zum Glück grenzten an Schneebergsweiler ausgedehnte Wälder mit viel Unterholz, in dem man Reisig sammeln konnte. So war das Reisigbündeln im Winter bei den kleineren Bauern des Dorfes und also auch bei Kargers als Zubrot herzlich willkommen; denn die Ernte füllte die Scheunen fast nie.

Wie seine Brüder und vorher die Brüder seines Vaters hatte auch Hannes schon früh dem Vater auf dem Feld geholfen und auch schon in den ersten Schuljahren im Winter beim Reisigsammeln im Wald. Wenn die Kinder der begüterten Bauern sich mit Rodeln vergnügten, legte er die Reiser zurecht, die sein Vater aufgesammelt und manchmal auch abgeschnitten hatte, damit der sie zuletzt mit starken Seilen zusammenpressen konnte.

Benedikt Karger konnte sich verlassen auf seine Söhne. Schon der kleine Hannes war geschickt und willig, auch in jenem Winter, von dem selbst die ältesten Leute, die Hannes kannte, behaupteten, dass sie sich nicht erinnern konnten, je einen so langen und bitteren erlebt zu haben. Hannes ging erst das zweite Jahr zur Schule. Aber er erwies sich als anstellig und willig, so dass er fast jeden Nachmittag bis zum Einbruch der Dämmerung den Vater bei seinem mühsamen und nicht ungefährlichen Werk unterstützte.

Eine leichte Schneedecke verhüllte die Unebenheiten des hartgefrorenen Bodens. Der Neuschnee, der nun in dichten Flocken um sie herum zu stieben begann, tat ein Übriges.

Besorgt verfolgte Benedikt das unaufhörliche Anwachsen der weißen Pracht.

„Pass auf, Junge, dass du nicht fällst!" rief er mahnend in das Treiben hinein. Aber der Kleine lachte nur.

„Dann steh' ich auch wieder auf", sagte er, „Der Schnee ist weich."

„Der Schnee schon", wollte Benedikt entgegnen, „Aber das, was darunter ist, ist hart." Doch ehe er es noch aussprechen konnte, lag Hannes schon wimmernd am Boden und versuchte, wieder auf seine Beine zu kommen.

„Hast du dir weh getan?" fragte der Vater, so rasch es der Boden zuließ, auf ihn zukommend.

„Ja", gab Hannes kleinlaut zu. Er war ausgerutscht auf einer Eisfläche, die die Schneemassen verdeckt hatten. Dabei schlug er mit dem rechten Bein so heftig gegen einen Baumstumpf, dass der eine Unterschenkel fast senkrecht zum andern zu liegen kam.

„Nicht aufstehen!" wehrte der Vater schon von weitem, als er sah, wie das Kind schmerzlich stöhnend die gefrorenen Glieder zu ordnen versuchte.

„Ich trag dich zum Wagen", beruhigte er Hannes. Aber schneller als er war der Schnee. Urplötzlich stürzte er in solchen Massen aus den Wolken, dass es nicht möglich war, ihn ab zuschütteln bevor neue Massen sich auf Mütze und Mantel ergossen. Keuchend hob Benedikt den Jungen auf das noch kaum beladene Gefährt und trieb die Pferde an. Aber diese, selbst mit der weißen Masse kämpfend, in der sie bis über die Fesseln versunken waren, vermochten nicht, den schweren Wagen auch nur einen Zentimeter von der Stelle zu rücken.

Fluchend zog Benedikt den Kleinen wieder hervor und presste ihn an sich.

„Es hat keinen Zweck", jammerte er, „Die Pferde schaffen den Wagen nicht mehr. Und ich kann kaum einen Schritt mehr machen in diesen Schneemassen. Wir können noch von Glück sagen, wenn sie uns beide aus dem Schlamassel halbwegs heil nach Hause bringen."

Er schirrte die Pferde aus. hob den vor Schmerzen brüllenden Hannes auf das eine und bestieg selbst mit größter Mühe das andere.

„Halt dich gut fest!" brüllte er gegen den Sturm, der sich inzwischen aufgemacht hatte, und krallte sich selbst mit seinen klammen Fingern in die Mähne. Der Hof lag zum Glück nicht weit vom Waldrand entfernt. Schweißtriefend trotz der bitteren Kälte und zitternd vor Aufregung und Anstrengung hielt er vor der Haustür an und reichte Hannes seiner Mutter, die schon seit einer Weile dort auf die Beiden gewartet hatte, gerade rechtzeitig, ehe die hereinbrechende Dämmerung eine Orientierung unmöglich gemacht hätte. Es war der schlimmste Schneesturm seit Menschengedenken.

Während Benedikt die Pferde versorgte, brachte Apollonia den Bub zu Bett, hüllte ihn in rasch angewärmte Tücher und entfernte behutsam die erst steifgefrorenen, nun langsam triefnass um ihn herumhängenden Kleider.

„Sieht aber ganz böse aus", jammerte sie dabei, „Ist bestimmt gebrochen. Du musst ins Krankenhaus oder wenigstens zum Arzt."

„Wie denn?" schluchzte Hannes und sah aus dem Fenster in eine undurchdringliche weiße Masse, während die Mutter abwechselnd mit warmen oder kalten Umschlägen der Schmerzen und der Schwellung Herr zu werden versuchte. Es nützte wenig. Sie schienen sich eher noch zu verstärken. Schließlich entsann sie sich der Schmerzmittel, die in ihrer Hausapotheke seit Jahren ungebraucht verstaubten. So sank Hannes schließlich irgendwann in einen unruhigen Schlaf.

Als es dunkel wurde, ließ das Schneetreiben ein wenig nach. Aus jedem Haus hörte man Menschen, die mit Besen und Schippen versuchten, wenigstens eine schmale Bahn frei zu legen zwischen Häusern und Ställen und Scheunen. Rufe hin und her halfen, die Orientierung zu finden; denn unter dem sternlosen Himmel fiel es schwer, die fast mannshohen Schneemassen dahin zu räumen, dass daneben ein Durchkommen zu den Wirtschaftsgebäuden blieb. Zuletzt, es ging schon auf Mitternacht zu, schaufelten sie auch die Durchgänge zu den Nachbarhäusern frei. Doch an ein

Durchkommen nach außerhalb des Dorfes war für Stunden – und wie sich am nächsten Morgen herausstellte, für Tage nicht zu denken.

Die Kunde von Hannes' Unfall pflanzte sich trotzdem von Haus zu Haus fort. Und alle empfanden ihre Hilflosigkeit vor den unbegreiflichen Naturgewalten. Wie viel Rosenkränze an diesem Abend in Schneebergsweiler für Hannes Karger gebetet wurden, weiß Gott allein.

Sehr spät, als Apollonia und Benedikt gerade im Begriff waren, total erschöpft zu Bett zu gehen, pochte es zaghaft an ihre Haustür.

„Ich bins, Mirjam Rosenblatt", sagte eine schüchterne Frauenstimme, als Benedikt öffnen ging, „Ihr wisst vielleicht, dass ich mich ein wenig aufs Heilen verstehe ..." Sie atmete keuchend aus, bevor sie fortfuhr: „Und da dachte ich, vielleicht könnte ich Ihrem Hannes ..."

Sie ließ eine Tasche zu Boden fallen und zeigte darauf.

„Ich habe einiges an Kräutern mitgebracht ..."

„Aber jetzt, mitten in der Nacht?" wollte Benedikt unwirsch antworten, als ein neuer Schmerzensschrei aus dem Zimmer kam, in dem die Kinder schliefen.

„Kommen Sie", winkte Apollonia der Frau zu und diese trat hinter ihr ein.

Vorsichtig betastete sie das Bein. Dann fasste sie in ihre Tasche und reichte Apollonia eine Tüte.

„Können Sie daraus noch einen Abguss kochen? Zwei Esslöffel Kräuter auf einen Liter Wasser. Aufkochen lassen und abseihen. Das nimmt die Schmerzen sofort. Mehr können wir im Augenblick nicht für ihn tun."

Als sie die fiebrig glänzende Haut mit dem Abguss bedeckt hatte, fasste sie behutsam an Knie und Fuß und versuchte eine ganz schwache Drehbewegung. Sofort schrie Hannes wieder auf.

„Es hat keinen Zweck", sagte die Frau, „Damit bin ich überfordert. Dazu muss er ins Krankenhaus."

Benedikt Karger lachte bitter.

„Und wie bitte?"

„Ich weiß", sagte Mirjam leise und sehr traurig, „So lange der Schnee noch nicht weggeräumt ist, geht das nicht. Wir können jetzt nur auf die Natur vertrauen. Machen Sie ihm regelmäßig die Umschläge, die ihm wenigstens die Schmerzen wegnehmen. Und dann muss es erst einmal zusammenwachsen, wie es eben wächst. Ans Gehen wird eh in den nächsten Tagen nicht zu denken sein bei diesem Bruch. Und wenn die Straßen wieder frei sind ..." Sie zog bedauernd die Schultern hoch, „Bis dahin müssen wir warten; da hilft alles nichts. Aber dann müssen Sie ihn ins Krankenhaus bringen. Wahrscheinlich müssen die es dort noch einmal brechen ..."

„Noch einmal brechen?" brüllte Benedikt wie ein Stier, „Meinen Sie, ich lasse meinem Bub noch einmal das Bein brechen? Einmal ist genug!"

„Aber natürlich in Narkose", versuchte Mirjam schüchtern ihn zu beruhigen, „Da spürt er nichts davon ..."

Ehe sie den Satz noch richtig zu Ende bringen konnte, hatte Benedikt sie schon gepackt und unsanft zur Haustür hinausgestoßen.

„Wenn Sie mich noch brauchen, rufen Sie mich bitte", raunte Mirjam Apollonia noch zu.

„Lassen Sie sich nicht noch einmal hier blicken!" drohte Benedikt.

Apollonia traute sich nicht, sie gegen seinen Willen noch einmal zu rufen. Nur die Umschläge tränkte sie mit dem Kräutersaft, den Mirjam ihr mitgebracht hatte. Aber diese selbst betrat weder den Hof noch das Haus der Kargers je wieder. Doch immer, wenn sie später Hannes sah, kam eine große Traurigkeit über sie.

Sehr, sehr langsam ließen Hannes' Schmerzen nach. Als zwei Wochen nach dem Unfall endlich die Wege ins Tag auch von Fuhrwerken zu passieren waren, versuchte es Apollonia noch ein letztes Mal.

„Wir müssen mit Hannes ins Krankenhaus. Oder wenigstens zum Arzt", sagte sie. Aber Benedikt ließ nicht mit sich reden.

„Das gibt sich wieder", sagte er. Die Schmerzen hatten ja inzwischen nachgelassen. Der Junge jammerte wenigstens nicht mehr ununterbrochen. Von richtig oder falsch heilenden

Knochenbrüchen verstand Benedikt Karger zwar allerlei bei Tieren, die man, falls alles nichts nützte, schließlich notschlachten konnte, - nicht aber bei Menschen.

Auf einen Stock gestützt konnte sich Hannes nach einigen Wochen wieder notdürftig bewegen. Den Rest würde die Zeit bringen; davon war Benedikt überzeugt. Aber Woche um Woche, Monat um Monat verstrich. Hannes humpelte zwar wieder zur Schule. Aber das war lange Zeit auch alles. Dem Bein fehlte einfach die Kraft. Hannes mochte sich anstrengen, so viel er konnte; es blieb schief und sein Gang dementsprechend. Sein Leben lang sollte der Stock sein Begleiter bleiben.

4.

Mirjam Rosenblatt und ihre Familie hatten von Anfang an eine Art Außenseiterrolle in Schneebergsweiler inne. Als einzige im Dorf duzten sie sich mit niemand. Ihre Kinder besuchten zwar wie alle andern die kleine Dorfschule. Aber wirkliche Freundschaft schloss keines von ihnen mit einem ihrer Schulkameraden. Noch nicht einmal mit denen aus ihrer eigenen Klasse. Als einzige Nichtkatholiken in der streng katholischen Enklave hätte das schon ihren Eltern von vornherein klar sein müssen, als sie sich entschlossen, das ehemalige Hirtenhaus zu kaufen und sich dort niederzulassen. Weiß einer, was Mosche, den Vater von Ariel Rosenblatt, damals dazu bewog. Mag sein, dass er nirgendwo sonst eine so billige Bleibe für seine große Familie gefunden hatte wie dieses enge, dunkle Loch, in das nur für ganze kurze Zeit am Tage die Sonne eindrang, im Winter fast überhaupt nicht. Aber Mosche Rosenblatts Kinder überlebten trotz allem. Ariel, der Jüngste, Viehhändler wie schon sein Vater, übernahm schließlich das Haus für sich, Mirjam und seine drei Kinder.

Nicht, dass man den Rosenblatts gleich feindselig begegnet wäre. Aber als einzige Juden des Dorfes standen sie zwangsläufig außerhalb der festgefügten Dorfgemeinschaft. Man akzeptierte zwar ihr Anderssein; aber allein die Tatsache, dass sie immer sorgfältig den Sabbat als Festtag einhielten und am Sonntag, wenn alle andern feierten, ihrer Arbeit nachgingen, ließ die nachbarliche Vertrautheit, wie sie sonst in kleinen Dörfern üblich ist, gegenüber den meisten Bewohnern Schneebergsweilers nicht aufkommen.

Sie waren nun einmal da, sagten sich die Bauern, und ließen sie gewähren. Und vielleicht war es ja mit einem Jud' zwischen ihnen noch besser als mit einem von den Lutherköpfen, die sich in der ganzen Gegend breit machten und sich erkühnten, sich ebenso Christen zu nennen wie sie selbst. So fanden sie sich damit ab, ließen die Rosenblatts einfach nach ihren Gesetzen leben und waren im Übrigen froh, wenn diese ihnen, wenn es nötig war, ihr Vieh abkauften oder neues besorgten.

Seit jenem Winter aber, da Schneebergsweiler so eingeschneit war, dass es kein Durchkommen mehr gab für Mensch und Vieh, weder zum Arzt noch zur Kirche, wuchs die Distanz, die vor allem Benedikt Karger gegenüber Ariel Rosenblatts Familie einhielt, so dass man fast schon von Feindseligkeit sprechen konnte.

„Kommt mir bloß nicht mit einem von den Itzigs an!" drohte er seinen Kindern. Mirjam Rosenblatt wurde den Verdacht nicht los, dass er ihr nie das verpfuschte Bein seines Sohnes verziehen habe, das sie doch eigentlich hatte heilen wollen. Sie wagte sich seitdem nicht wieder, auf seinem Hof zu erscheinen.

5.

Hannes schien sich mit dem Bein eher abgefunden zu haben als sein Vater. An den üblichen Raufereien und wilden Bubenspielen konnte er , sich zwar nicht beteiligen und vermochte im Rennen und Springen nicht einmal mit den Kleinsten mit zu halten. Mit großer Mühe gelang es ihm allerdings, mit ihnen um die Wette auf Obstbäume zu klettern. Gelegentlich erwies sich das verbogene Bein dabei sogar von Vorteil, wenn es ihm etwa beim Festklammern eine Haltung erlaubte, zu der kein anderer fähig war. Das allerdings geschah nur zwei- oder dreimal im Jahr. Das waren dann die besonderen Glücksstunden seines Kinderlebens, die er genoss wie die andern ihre Siege beim Rennen.

Ansonsten wurde um seine Behinderung nicht viel Wesens gemacht. Benedikt Karger war einer, der zupacken konnte und musste und dasselbe von seiner Frau und seinen Kindern verlangte, der allerdings auch die Grenzen sah und respektierte, die Hannes durch seine Behinderung gesetzt waren. Fleiß, Ordnung und Pünktlichkeit waren Selbstverständlichkeiten. Mit Lob geizte er. Zärtlichkeiten zu zeigen war verpönt, vor allem in der Öffentlichkeit. Wenn Benedikt gelegentlich bei einem kleinen oder auch größeren Kummer einem seiner Kinder aufmunternd übers Haar strich, war das auch schon so ziemlich das Äußerste an Zugeständnissen, das er sich erlaubte. Damit waren Generationen vor ihm bereits gut gefahren. Das war auch die Überzeugung Apollonias, die vor lauter Arbeit in Haus, Garten, Stall und Feld kaum Zeit fand, sich etwa um die Schulaufgaben ihrer Kinder zu kümmern. Damit mussten sie selbst zurecht kommen, so wie das auch ihre eigenen Eltern von ihr ganz selbstverständlich erwartet hatten. Schule musste eben sein; da sorgten schon die Gesetze dafür. Aber ob die Kinder nun aus der letzten oder der vorletzten Klasse aus der Volksschule entlassen wurden, weil sie irgendwann eine Klasse hatten wiederholen müssen, darauf kam es letzten Endes nicht an. Hauptsache, sie standen auf dem Hof ihren Mann. Die

Voraussetzungen dazu begannen die Eltern schon sehr früh für sie zu schaffen.

Für das Erzählen von Märchen, Heiligenlegenden oder biblischen Geschichten war die Großmutter zuständig. Das war in andern Häusern und bei ihr als Kind nicht anders. Die jungen Leute mussten arbeiten, die Alten sorgten für die Seele. Was konnte so eine halbblinde Alte denn noch viel tun außer Kartoffelschälen, Gemüse putzen, Geschichten-Erzählen und Rosenkranz-Beten?

Großmutter Karger freilich wusste noch mehr zu erzählen als Märtyrer- und Heiligenlegenden. Manchmal, wenn es für Hannes mit seinem krummen Bein aber auch gar nichts auf dem Hof zu tun gab oder an den Regentagen, wenn auch andere Buben im Haus blieben, schlich er sich zu ihr und ließ sich die andern Geschichten erzählen, von denen sonst anscheinend niemand wusste. Geschichten, die sich vor langer Zeit in ihrer Gegend zugetragen hatten, vom Schinderhannes etwa oder den Franzosen. Oder von der Freischärlerzeit, die ihm immer besonders rätselhaft erschien. In all den Jahren, da Hannes die Schuldbank drückte, war sie vom Lehrer einfach übergangen worden, selbst wenn er es einmal wagte, ihn danach zu fragen. Und er hätte doch so liebend gerne mehr davon erfahren.

Von Anfang bis Ende besuchte Hannes wie alle Kinder aus Schneebergsweiler die kleine Dorfschule. Es waren zwar immer nur zwischen zwanzig und dreißig Kinder, aber aus allen Klassen in einem einzigen Raum bei einem einzigen Lehrer. Während dieser die einen unterrichtete, beschäftigte er die andern, wie das in allen diesen kleinen Dorfschulen üblich war, „still", mit Übungen oder auch Vorbereitungen für den folgenden Direktunterricht. Hannes war das, was man einen guten Schüler nennt, von rascher Auffassungsgabe und großem Interesse an allem, was neu für ihn war. Seine eigenen Aufgaben erledigte er gut, sicher und schnell. So fand er immer noch Zeit, den andern Klassen zuzuhören.

Nie aber, auch nicht ein einziges Mal, wurden im Geschichtsunterricht jene „tollen Jahre" erwähnt, von denen die Großmutter so Erstaunliches zu erzählen wusste. Das hatte sie von ihrer eigenen Großmutter erfahren. Die hatte alles selbst noch miterlebt, die Begeisterung unter den Menschen und das unrühmliche Ende. Nach den damaligen Richtlinien für den Geschichtsunterricht hatte es scheinbar zwischen dem Wiener Kongress von 1815 und dem Preußisch-Österreichischen Bruderkrieg, wie er genannt wurde, nichts Wichtiges mehr gegeben. Das Bemerkenswerte fing erst mit dem Krieg von 1870 und der anschließenden Gründung des Deutschen Kaiserreichs wieder an.

Die Großmutter hingegen wusste zwar viel, vor allem Persönliches, aber längst nicht alles. Sie hatte wohl ihrer eigenen Mutter nicht die vielen Fragen nach dem Warum gestellt, mit denen Hannes sie nun quälte. Es war aber auch gar zu interessant, was sie alles an Einzelheiten wusste, auch wenn er nicht verstehen konnte, wieso anständige Menschen sich wochenlang vor der Polizei verstecken mussten.

Hannes' Klasse bestand von Anfang bis zum Ende seiner Schulzeit nur aus zwei Mädchen und zwei Buben: ihm und David Rosenblatt. Immer saßen sie nebeneinander auf der Schulbank. Schon Ariel Rosenblatt und seine Geschwister hatten die Erlaubnis erhalten, die katholische Schule zu besuchen. Es gab keine jüdische in erreichbarer Nähe. Zwei bis drei Stunden hätte der Schulweg bis zur Kreisstadt gedauert, wo sich die einzige jüdische Schule der ganzen Umgebung befand. So wurde stillschweigend die Erlaubnis auch für Daniel und seine beiden Schwestern erneuert. Die Kinder duldeten sie, so wie ihre Eltern die alten Rosenblatts duldeten. Dass David und seine beiden Schwestern an den meisten Tagen eine Stunde später erscheinen oder eine Stunde früher nach Hause gehen durften – immer dann nämlich, wenn Religionsunterricht auf dem Stundenplan stand – erregte kaum Neid bei den übrigen Kindern. Dafür durften sie ja auch nicht an der Heiligen Kommunion teilnehmen und schon gar nicht als Messdiener in der Pfarrkirche im Tal fungieren und waren überhaupt von den Segnungen des allerheiligsten Glaubens ausgeschlossen. Warum, darüber dachte Hannes kaum jemals nach, so wenig wie die meisten der Großen. Auch nicht darüber, ob die Rosenblatts darüber etwa traurig waren oder die andern im Dorf deswegen beneideten.

Es gab eben so vieles, was immer schon so war oder auch nicht und wonach man damals, als Hannes und David noch Kinder waren, nicht zu fragen hatte, wenn man gut erzogen war. Altüberkommene Ordnungen hatten ihre Gültigkeit. Man hatte sie nicht anzuzweifeln, auch wenn man sie nicht verstand. Und damit basta!

David und Hannes waren nicht eigentlich Freunde. Das hätte schon Benedikt Karger nicht erlaubt. Aber sie verstanden sich. Und ein- oder zweimal, als er seinen Vater im Wald wusste, nahm Hannes David mit, als er heimlich das Wingertshäuschen erkundete jenen sagenhaften winzigen Raum, in dem sein Ur-Ur-Urgroßvater einst drei Wochen lang sich hatte versteckt halten müssen, weil die Polizei oder irgendwelche Soldaten ihn gesucht hatten. Irgendwann soll es sogar richtige Kämpfe gegeben haben zwischen den „Freischärlern", zu denen der Ur-Ur-Urgroßvater gehörte, und den Truppen des Preußenkönigs. Ob das 1848 oder 1849 war, das konnte die Großmutter ihm auch nicht sagen. Vielleicht hatte auch ihre eigene Mutter schon die Jahreszahl vergessen. Schade, dachte Hannes.

Wingertshäuschen immerhin gab es noch einige, winzige, höchstens vier oder fünf Quadratmeter große Einraumhütten, auch wenn diese nur noch selten genutzt wurden, seit der Weinanbau in der Gegend immer mehr zurückging. Man bewahrte die Geräte dort auf, die man zur Pflege der Reben brauchte, damit man sie nicht immer den manchmal recht weiten Weg vom Wohnhaus zum Wingert zu schleppen brauchte. Bei plötzlichen Regengüssen dienten sie auch gelegentlich als Zuflucht für die Weinbergsarbeiter oder auch bei der Weinlese.

Der Besuch verlief enttäuschend. Es gab nichts Rechtes zu sehen dort. Nichts wenigstens, das an den Ur-Urgroßvater erinnert hätte. Aber da war noch eine andere Geschichte, die seine Phantasie beschäftigte, die mit der Scheune.

Einen „Böhm" hätten sie damals in der Scheune versteckt gehalten, erzählte sie. Ob „Böhm" nun dessen Zuname war, - ein gar nicht so seltener übrigens - oder ob der geheimnisvolle Untergetauchte aus Böhmen stammte, - das wusste sie nicht mehr oder hatte es nie gewusst. Nur, dass sie ihm unter dem Stroh eine Stube gebaut hatten, in der er schlief und sich aufhielt, wenn Gefahr drohte. Und die konnte plötzlich auftreten. Zum Tal hin freilich hätte sich so schnell keiner unbemerkt nahen können. Aber da war ja noch der Wald. Bis beinah an den Hof habe er damals noch herangereicht. Erst Hannes' Ur-Urgroßvater habe die Äcker gerodet und die riesigen Birnbäume gepflanzt, die dort immer noch standen und aus deren Früchten noch immer im Herbst der Birnenwein hergestellt wurde, das übliche Getränk der Bauern, süß und weniger alkoholhaltig als der saure Traubenwein, dem sie vorher zugesprochen hatten. In die Scheune hatte Hannes den Daniel nie mitgenommen; das hätte er dann doch nicht gewagt. Es hätte ja zufällig der eine oder andere Nachbar etwas davon mitkriegen können. Nur einmal, als er noch sehr klein war, damals vor dem Unfall noch, hatten seine älteren Brüder ihn im Frühjahr, als die Scheune schon halb geleert war, mitgenommen zu den Versuch, dort für sich selbst eine Hütte zu bauen. Sie waren jämmerlich gescheitert. So leicht war es also doch nicht mit den wirklichen Verstecken. Gut, dass heute so etwas nicht mehr nötig ist, meinte einer der Brüder damals.

Irgendwann, als Hannes und David schon zu den „Großen" in der Schule gehörten, fing dann die Sache mit dem Jungvolk an. In andern Dörfern gehörten alle Buben dazu. Manchmal nach der Messe in der einzigen katholischen Kirche im Tal, zu der auch die von Schneebergsweiler gingen, erzählten die aus den Nachbardörfern davon. Aber in Schneebergsweiler selbst war keiner, der sich dafür interessiert hätte. Der Lehrer allerdings sprach gelegentlich davon und wie schade es sei, dass sie hier dieses Glück nicht hätten, dazu gehören zu dürfen. Auch von dem großen Führer erzählte er und der neuen Zeit.

Sie selbst hatten ja in ihrem kleinen, behüteten Bereich kaum etwas von den Nöten der vergangenen Jahre erfahren. Arbeitslose gab es bei ihnen nicht. Sie hätten sich auch nicht vorstellen können, was daran so schrecklich sein sollte, wo doch ihre Eltern wahrscheinlich gern ein bisschen weniger gearbeitet hätten. Und eines Tages im Geschichtsunterricht ging es um die Juden. Hannes spürte, wie David dabei immer stiller und ängstlicher wurde. Bis der Lehrer beruhigend meinte, ihn gehe das natürlich nichts an. Nur die Großen seien damit gemeint, die Blutsauger in den Städten. Um so kleine Juden, wie die Rosenblatts gehe es natürlich nicht.

Aber so ganz überzeugte er David damit nicht. Der hatte zuhause schon manche besorgte Gespräche erlebt, die die Eltern vor den Kindern geheim halten wollten. Und er hatte einmal, als der Vater ihn mit in die Kreisstadt genommen hatte, die Schilder gesehen, die fast an allen Ortseingängen prangten:

„Juden sind hier unerwünscht!"

„Warum denn das?" hatte David gefragt und der Vater hatte mit bitterem Lachen gemeint, das sei wohl der Preis dafür, zum auserwählten Volk zu gehören.

„Wozu?" hatte er zurückgefragt; denn dass Wort hatte er noch nie mit Bewusstsein gehört. Der Vater war ärgerlich, vielleicht aber auch nur verlegen, geworden.

„Das verstehst du noch nicht", hatte er geantwortet, „Vielleicht, wenn du Bar Mizwa feierst" und dabei leise gestöhnt.

Das sei wahrscheinlich erst der Anfang, setzte er leise hinzu. Nicht leise genug allerdings, dass David es nicht gehört hätte.

6.

„Also Konrad, ich sage dir noch einmal", stöhnte Dr. Koch, „Ich bin Arzt, kein Psychiater, begreifst du das nicht?" Er kannte den Bauern schon als jungen Burschen und duzte ihn wie die meisten der jüngeren Einheimischen in der Gegend. „So viel müsstest eigentlich auch du sehen: dies hier ist kein Fall für mich. Da muss ein Psychiater her!"

„Klapsmühle – was anderes wissen Sie nicht?" gab der Bauer fast wütend zurück, „Nein und nochmals nein! Sein ganzes Leben hat mein Vater auf dem Hof verbracht. Und wenn er auch schon immer ein Sonderling war – aber so lange ich lebe, kommt er mir nicht aus dem Haus. Schon gar nicht in die Psychiatrie. Und außerdem: Sehen Sie das nicht selbst, dass es nur eine Sache von Tagen, vielleicht auch nur von Stunden ist, bis es mit ihm ganz zu Ende geht? Warum ihn jetzt noch quälen? Geben Sie ihm halt noch eine stärkere Dosis Beruhigungsmittel, was solls?"

Helga, seine Frau, die sich eng an ihn kuschelte, lachte bitter auf.

„Die Gefahr, süchtig zu werden, besteht doch bei ihm bestimmt nicht mehr ..."

„Nicht mehr?" wiederholte der Arzt leicht spöttisch, „Sie haben Recht: Er kann es nicht mehr werden. Er ist es längst. Da hilft auch kein Morphium mehr. Er ist ja nicht krank, jedenfalls nicht sein Körper."

„Warum schreit er denn nicht?" brüllte Johannes Karger vielleicht zum zehnten Mal an diesem Tag aus dem Schlafzimmer, „Wie sollen wir ihn finden, wenn er nicht schreit!"

Er versuchte, aufzuspringen und sackte sofort erschöpft in sich zusammen.

„Hört ihn denn keiner?" wimmerte er. Und dann stöhnte er zum ersten Mal den Namen, den er danach schwer atmend wieder und wieder hervorstieß: „David!"

„Wer ist David?" fragte Helga Karger den Gatten. Der zuckte die Schultern.

„Keine Ahnung. Ich kenne keinen David. Niemand hier."

Der Alte ballte die Fäuste und fuchtelte mit ihnen in der Luft herum.

„David! So schrei doch endlich!" Und dann, röchelnd: „Die Scheune!"

Hilflos blickte der Arzt von einem zum andern.

„Sie merken es doch selbst: er redet irre. Immerzu die Scheune, als ließe ihn dort etwas nicht in Ruhe. In einer Scheune, ich bitte euch! Ich kann ihm wirklich nicht mehr helfen. Ich bin mit meiner Kunst am Ende. Irgendetwas muss in seinem Leben geschehen sein, das ihm keine Ruhe lässt. Er kann einfach nicht sterben, das gibt es. Er braucht einen Therapeuten."

„Einen Therapeuten", wiederholte Konrad bitter, „In diesem Zustand?"

„Oder einen Priester!", sagte Helga leise. Konrad lachte. Ein hartes, lautes, spöttisches Lachen.

„Komm mir bloß nicht mit dem Priester! So lange ich mich erinnern kann, hat der Vater keinen Priester gebraucht. Und erst recht keinen Beichtstuhl."

„Vielleicht braucht er ihn jetzt", versuchte die Frau es noch einmal.

„Ich lasse keinen zu ihm!" antwortete Konrad entschieden, „Schon gar keinen, der ihn zum Reden zwingen will. Wie er gelebt hat, so soll er sterben. Auch ein Sonderling hat seine Würde. Immer, so lang ich lebe, hat er nur das Allernötigste gesagt, kaum je etwas anderes als über die Arbeit. Schon gar nicht über seine Gefühle. Das müssen wir auch jetzt respektieren." Und mit einem ärgerlichen Blick auf seine Frau:

„Kannst du ja für ihn beten! Du bist doch hier diejenige, die immer zur Kirche rennt!"

Es sollte spöttisch klingen. Aber Helga spürte den Spott nicht, der im Zimmer stand, nicht die Bitterkeit und nicht die Hilflosigkeit des Arztes. Sie vernahm nur die Hilferufe des Schwiegervaters, der nicht sterben konnte, weil eine Schuld oder sonst etwas ihn quälte. Und sie konnte sein Schreien nur auf ihre Weise deuten und beantworten.

„Und wenn er doch gerade jetzt in seinen letzten Stunden einen andern Wunsch hätte? Den Wunsch, sich auszusprechen, die Last abzuwerfen, die ihn den größten Teil seines Lebens quälte? Wenn er das genau jetzt brauchte, was er all die Jahre hindurch ablehnte: den Priester? Was wissen wir, was in einem Menschen in seinen letzten Stunden vor sich geht?" Sie hatte mit einer Leidenschaft gesprochen, die man sonst nicht an ihr kannte. Dann verstummte sie jäh, als schäme sie sich in der Gegenwart des Arztes. Keiner antwortete ihr.

„Vielleicht hast du Recht", sagte sie nach einer Weile leise zu Konrad, „Vielleicht ist das das einzige, was ich jetzt noch für ihn tun kann:" Schwer atmend warf sie sich den Mantel über und machte sich auf den Weg ins Tal. Zur Kirche. Zum Beten und Beichten, während der alte Mann fortfuhr, mit den Armen zu gestikulieren und der Arzt versuchte, ihn daran zu hindern.

„So holt ihn doch! Dort!" Es waren immer dieselben Worte.

„Wen denn?" fragte Konrad zum wer weiß wievielten Mal. Es war, als höre der Vater ihn nicht. Und vielleicht hörte er ihn wirklich nicht mehr. Vielleicht geschah nichts mehr um ihn herum, das ihn erreicht hätte. Vielleicht befand er selbst sich schon nicht mehr in demselben Raum und in derselben Zeit wie die andern um ihn herum. Kämpfte er irgendwo in einer fernen Zeit einen erbitterten Kampf. Einen Kampf ohne Zeugen.

„Was soll denn da noch ein Psychiater?" knurrte Konrad den Arzt an, der noch immer hilflos wie ein kleiner Junge den Wütenden festzuhalten versuchte, „Der ist so überflüssig hier wie ein Priester. Sie sehen doch, dass er auf nichts mehr reagiert."

„Wenn du eher reagiert hättest!" gab Dr. Koch ärgerlich zurück, „Vielleicht hätte er dann auch einmal reagiert. Seit Jahr und Tag rede ich mir den Mund franzlig bei dir. Aber du bist ja genau so stur wie der Alte."

„Ich und stur?" Konrad blitzte ihn an. „Da kennen Sie mich nicht, Harr Doktor. Auch wenn Sie mich schon als Bub verarztet haben. Für meinen Vater würde ich alles tun – freilich nur das, was sinnvoll ist. Wie soll man einem Menschen helfen, der keine Hilfe annehmen will?" Er wies auf den Alten, auf dessen Stirn dicke Schweißtropfen standen. „Der da hat noch nie in seinem Leben eine angebotene Hilfe angenommen, so lange ich mich erinnern kann."

„Er muss aber doch einmal anders gewesen sein", versuchte Dr. Koch einen neuen Anfang, „Jedenfalls in seiner Kindheit. Ehe das mit seinem Bein passierte, sogar noch eine Weile danach, sagen die Alten im Dorf."

„So – die Alten, die wissen das? Die haben es immer gewusst? Schön! Und warum hat keiner von denen mir selbst etwas davon gesagt?"

„Hast du denn je einen von ihnen gefragt?"

„Wonach? Nach dem, worüber er selbst nie sprach? Hätte ich sie denn etwa fragen sollen:, warum mein Vater so wunderlich ist? Und damit zugeben, dass er eben so ist wie er ist? Meinen Sie wirklich, das hätte etwas genutzt? Sie wissen doch: schlafende Hunde soll man nicht wecken. Das kann leicht ins Auge gehen. Aber vielleicht fragen Sie selbst einmal einen von den Alten. Vielleicht den Backes-Velten. Der soll früher noch bei uns als Tagelöhner gearbeitet haben, sagen seine Enkel. Ich selbst kann mich nicht daran erinnern. Der Velten ist noch ganz helle in Kopf trotz seiner neunzig Jahre. Vor allem an die alten Geschichten erinnert er sich, als sei das alles erst gestern gewesen. Vielleicht kann der Ihnen ja einen Tipp geben, wenn Sie glauben, dann den Vater besser behandeln zu können."

„Du hast wirklich nie deinen Vater nach seiner Jugend gefragt?" staunte der Arzt, „Auch nicht deine Mutter?"

„Meine Mutter?" wunderte sich Konrad, „Die kennt die alten Geschichten womöglich nicht einmal. Sie ist doch gar nicht meine richtige Mutter. Die nämlich starb in den letzten Kriegstagen. Durch einen von diesen verrückten Jabos, wie meine Tante mir erzählte."

Dr. Koch versuchte eine Entschuldigung.

„Das wusste ich wirklich nicht ... Aber das macht mir alles noch unverständlicher."

„Mein Vater hat sehr bald danach geheiratet. Was sollte er sonst tun? Ich war ja noch so klein. Fing gerade erst mit dem Laufen an. Und mein Vater hatte niemand außer meiner Tante

Klara, die nur das Kloster im Kopf hatte, in das sie eintreten wollte, so bald sie volljährig war. Das hat mir meine Stiefmutter, die mir übrigens immer wie eine leibliche Mutter war, erzählt. Aber das mit der Scheune, das hat ihm wohl wirklich noch den Rest gegeben. Ganz verrückt ist er nicht, wenn er immer nach der Scheune schreit."

„Was ist denn mit der Scheune?"

„An demselben Platz wie die jetzige stand zuerst eine andere. Möglicherweise eine größere. Die ist 1945 abgebrannt, genau am letzten Kriegstag, bevor die Amis kamen. Bis oben hin gefüllt mit Stroh, obwohl es schon Frühjahr war." Der Arzt schüttelte den Kopf.

„Und erst danach hat er geheiratet? Ich habe deine" – er räusperte sich –„deine Stiefmutter immer bewundert, wie sie es bei diesem Grobian aushielt. Dachte mir, sie habe ihn schon bei besseren Tagen gekannt und einfach aus Treue ..."

„Sie war ihre Schwester. Vielleicht erklärt das einiges."

„So schrei doch endlich! Damit ich weiß, wo du bist!" bäumte der Alte sich wieder auf.

„Er wird mir immer rätselhafter", stöhnte der Arzt leise vor sich hin. Langsam, als führe er jeden Handgriff zum ersten Mal in seinem Leben aus, zog er eine neue Spritze auf.

... Keiner von ihnen hatte Christoph beachtet, den Enkel, der an der Tür gestanden und mit wachsendem Staunen und Entsetzen alles mitangehört hatte.

7.

Gedankenfetzen stürzten auf Martin ein, jagten, überschlugen sich. Er sah verwirrt auf den geheimnisvollen alten Mann. Ein Auschwitzüberlebender, dachte er und spürte, wie der Gedanke etwas wie Entsetzen in ihm aufsteigen ließ. Ein Entronnener – und das durch seinen Großvater! Er wusste nicht, ob das eine oder das andere unfassbarer war.

Er entsann sich nicht, jemals bewusst mit einem Juden zu tun gehabt zu haben, schon gar nicht mit einem, der dem Inferno entkommen war. Hatte sich bis dahin nie mit der Vorstellung beschäftigt, wie Menschen mit den furchtbaren Erinnerungen und dem Verlust so vieler nahstehender Menschen weiter leben und zurecht kommen konnten. Das alles lag inzwischen viel zu lange zurück, ein gutes halbes Jahrhundert lang. Zu den wenigen Zeitzeugen von damals hatte er kaum Zugang. Das alles war für ihn – und sicher auch für Renate – längst Geschichte. Entsetzliche Geschichte zwar, an deren Folgen nicht nur sein Volk, die Täternation, noch immer leiden musste.

Gewiss: er hatte davon im Geschichtsunterricht gehört, hatte einiges gelesen, hatte Bilder gesehen, Dokumentaraufnahmen und Filme, hatte auch versucht, sich in das Entsetzliche hinein zu denken. Aber das war schwer. Die Ereignisse lagen schon ein halbes Jahrhundert zurück, waren zu geschichtlichen Fakten zusammengeschrumpft; die Menschen, von denen er hörte oder las, waren namenlose Gestalten, Teil einer Masse, so ungeheuer groß, dass ihre Zahl schon nicht mehr vorstellbar war. Vielleicht lag es gerade daran, schoss es ihm jetzt durch den Kopf, der Schrecken wächst ja nicht mit den explodierenden Zahlen; er verblasst eher, wenn er namenlos wird.

Er hatte niemals erwartet, persönlich einmal einem der Opfer von damals zu begegnen, noch nicht einmal hier in Jerusalem. Die Menschen, die jetzt die Straßen dieser Stadt bevölkerten, erschienen ihm kaum anders als die namenlose Masse, inmitten der und an der vorbei man in allen Großstädten dieser Welt als Städter des zwanzigsten Jahrhunderts zu leben gewohnt war. Menschen, von denen man zwar weiß, dass jeder seine eigene Geschichte mit sich herumträgt, die aber nichts gemein hat mit der eigenen und die einen darum auch nur allenfalls noch am Rande berührt.

Auch heute Morgen in Yad Vashem: es war die erwartete und gefürchtete tiefe Erschütterung, die ihn erfasste, tiefgreifend und nachhaltig zwar; aber sie war doch kaum anders als die der übrigen Mitglieder seiner Gruppe. Dies hier aber war anders, ganz anders. Das war keine schreckliche Geschichte, die man studieren und deren Einzelheiten man in Büchern lesen konnte. Dies hier war ein Mensch aus Fleisch und Blut, der da unerwartet in sein Leben getreten war. Mit ihm war auf einmal aus Geschichte Gegenwart, das Unvorstellbare hautnahe Wirklichkeit geworden. Vergessen für einen Augenblick, dass sein eigener Großvater diesem einen Menschen das Überleben ermöglicht hatte, auf welche Weise auch immer ...

Die ganze Welt schien sich mit einem Mal um ihn zu drehen, Konturen verwischten sich, Augenblickliches, Gelesenes oder Gehörtes verschwammen ineinander. Er schloss die Augen für einen Augenblick, spürte deutlicher werdend den erregten Atem des Fremden, der jetzt einen Stuhl an seinen Tisch heranzog , sich lächelnd zurücklehnte und gleichfalls die Augen schloss.

„Karger", murmelte er dabei, wieder und wieder, „Ein Enkel von Hannes. Und Hannes lebt noch!" Er schlug die Hände vor das Gesicht.

„Dass ich das noch erleben darf!" Martin sah, wie Tränen aus den Augen des Fremden stürzten, der doch eigentlich gar kein Fremder war. Dieser Mann, der seinen Großvater kannte und Schneebergsweiler – mitten in Jerusalem, fünfzig Jahre nach Kriegsende!

„Verzeihung", sagte der Alte plötzlich und lachte höflich, „Ich habe mich nicht einmal vorgestellt: David Rosenblatt – aber das können Sie sich ja wohl denken."

„Da irren Sie sich leider", entgegnete Martin verlegen, „Ihr Name ist mir völlig unbekannt. Mein Großvater hat nie von Ihnen gesprochen, auch sonst niemand in Schneebergsweiler.

Gut, ich kam immer nur für kurze Zeit zu Besuch dahin – aber die andern aus der Familie hätten das doch gewusst und davon erzählt. Einer, der einem Juden das Leben gerettet hat – das hätte sich doch herumgesprochen nach 1945 in Deutschland. So einer wurde doch nach dem Krieg gerühmt und hofiert, war einer der Prominenten damals. Das hätte man doch auch den Kindern und Enkeln erzählt."

„Vielleicht gibt es doch noch irgendwo ein weiteres Schneebergsweiler" mischte sich jetzt auch Renate vorsichtig ein, „Vielleicht in den neuen Bundesländern."

„Ausgeschlossen", beharrte David Rosenblatt fast eigensinnig und lachte, „Bei der Familienähnlichkeit! Und ausgerechnet dort noch einen Hannes Karger? Mit einem Bruder namens Arthur und einem namens Gereon und einer älteren Schwester, die Jettchen hieß und mit einem Angestellten im Landratsamt verheiratet war und mit einer jüngeren, die Klara hieß und immer ins Kloster gehen wollte? Mit einem Vater Benedikt und einer Mutter Apollonia? Das wären doch ein bisschen zu viele Zufälle, meinen Sie nicht? Und nun sagen Sie bloß nicht, dass das alles nicht stimmt, was ich Ihnen jetzt erzählte!"

„Genug! Hören Sie auf!" rief Martin gequält und hielt sich die Ohren zu, „Ich bin mir zwar nicht ganz sicher, wie meine Urgroßeltern mit Vornamen hießen. Aber Großtanten und Großonkel kannte ich zum Teil noch." Er stöhnte leise vor sich hin, „Ich glaube schon, das stimmt."

„Es stimmt. Aber irgendwie kann ich das alles nicht glauben, was Sie mir da erzählen. Sie haben also wirklich nie den Namen David Rosenblatt gehört?" Und wieder dieser prüfende Blick.

„Nie", bekräftigte Martin.

„Aber jetzt kennen Sie ihn!" lachte Rosenblatt plötzlich in künstlicher Munterkeit und zog seinen Ausweis aus der Jackentasche. Die beiden jungen Deutschen sahen ihn verlegen an.

„Ach so", sagte er und schlug sich an die Stirn, „Sie können ja vermutlich kein Hebräisch lesen."

„Aber Sie anscheinend Deutsch", grinste Renate und zeigte ihm den ihren.

„Aus Bremen?" staunte Rosenblatt, „So weit weg?"

„Auch die Kargers sind in der Welt herumgekommen", lachte Martin, „Wenigstens einige. Wenn auch nicht mein Großvater."

„Tja", scherzte Rosenblatt, „Nicht einmal in den Krieg brauchte er. So ein krummes Bein hatte damals auch sein Gutes. Für ihn ..." Und versonnen setzte er hinzu: „Und durch ihn auch für mich."

„Eins verstehe ich trotzdem nicht", fing Martin nach einer Weile an, „Wenn mein Großvater Ihnen wirklich das Leben gerettet hat – warum haben Sie dann offenbar die Verbindung mit ihm nach dem Krieg abgebrochen, als Sie in Sicherheit waren?"

„Natürlich ist das für Sie nicht zu verstehen. Aber so kann auch nur einer von heute fragen, der das Chaos nach 1945 nicht erlebt hat. Sie können sich nicht vorstellen, wie das damals in der Welt zuging. Nicht nur in Deutschland. Es war ein Trugschluss, zu denken, für die Überlebenden sei die Welt nun in Ordnung. Nichts war in Ordnung, merkte ich bald. Am wenigsten ich selbst.

Und dann Israel! Fast so unerreichbar wie vor dem Krieg. Noch für die Einwanderer von 1948 und die ersten Jahre danach war das Land der Sehnsucht, das heilige Erez Israel, durchaus nicht eines, in dem Milch und Honig floss ..." Er lehnte sich zurück.

„Ach ja, ich glaube, ich habe Ihnen noch viel zu erzählen."

„Vor allem, wann und wieso Martins Großvater Ihnen das Leben gerettet hat ..." warf Renate ein.

„Darf ich Sie einladen, für den Rest Ihres Bleibens in Jerusalem meine Gäste zu sein?" fragte Rosenblatt plötzlich, „Ich glaube, meine Frau würde sich auch freuen, Sie kennen zu lernen." Martin und Renate sahen einander unsicher an.

„Wir sind mit einer geschlossenen Gruppe hier mit einem genau festgelegten Programm. Ich weiß nicht, ob wir uns da so einfach entfernen können. Dieser Nachmittag ist unsere einzige freie Zeit. Reiner Zufall, dass wir uns hier begegnet sind. Morgen geht's weiter zum Toten Meer."

„Nun gut – aber dann bleibt uns wenigstens dieser Nachmittag noch und der Abend. Kein Problem. Mein Wagen steht draußen. Fahren wir einfach zu mir nach Hause. Ich will versuchen, Ihnen alles zu erklären." Er stand auf und winkte dem Kellner.

„Kommt nicht in Frage", sagte er energisch, als Hannes seine Geldbörse zückte, „Sie sind meine Gäste. Ehrensache!"

8.

„Sie waren also demnach Großvaters Freund", begann
Martin, nachdem sie sich an den Früchten und Säften gelabt
hatten, die Daniel Rosenblatts Frau ihnen rasch und voller
Liebeswürdigkeit aufgetischt hatte.

David Rosenblatt räusperte sich.

„Freund? Nun ja, so konnte man es eigentlich nicht nennen,
wenigstens nicht von Anfang an. Später allerdings ..."

„Was heißt das: später?"

Noch einmal lehnte der alte Mann sich zurück, schloss die
Augen als müsse er längst verloren geglaubte Bilder aus einer
längst vergangenen Zeit der Verborgenheit und dem Vergessen
entreißen. Dann holte er tief Atem und begann:

*Ach, wissen Sie: als wir Kinder waren, da lebte man in
Schneebergsweiler sozusagen am Rande der Welt. Die großen
Ereignisse der Politik gingen an uns vorüber; ihre
Auswirkungen spürte man kaum. Ein bisschen mag das Kindern
immer so ähnlich ergehen, wenigstens da, wo sie in einem
behütenden Elternhaus aufwachsen, das ihnen die
unverstandenen Nöte so weit wie möglich fern hält.*

*Aber vielleicht war in Schneebergsweiler auch für die
meisten Erwachsenen die Zeit sozusagen stehen geblieben. Alle
in Schneebergsweiler außer unserer Familie waren Bauern und
alle katholisch. Gut, wir als Juden gehörten zwar nie ganz
richtig dazu. Aber wir wurden auch nicht gerade gemieden.
Das mag anderswo schlimmer gewesen sein.*

*Für die Leute von Schneebergsweiler war das Wetter
wichtiger als die Politik; denn von ihm hing die Ernte ab und
damit auch die Preise für die Landprodukte. Das allerdings traf
meinen Vater ebenso wie die Bauern. Als Viehhändler war er
ebenso abhängig davon wie sie. Über die ständig wechselnden
Regierungen verlor man im Dorf wahrscheinlich kaum ein
Wort. Ich weiß nicht einmal, ob meine Eltern jemals zur
Wahlurne gingen. Und die andern in Schneebergsweiler? Nun
ja, die gingen zur Kirche, wie ihre Eltern und Großeltern es*

getan hatten, wenn es nicht vor Schneemassen unmöglich war wie in jenem Jahrhundertwinter 1929, von dem sie während meiner ganzen Schulzeit immer wieder erzählten. Das war der Winter, in dem Ihr Großvater den schlimmen Unfall hatte, dem er sein krummes Bein verdankte. Aber das wäre eine eigene Geschichte.

Als sich alles so schrecklich änderte, hatten Hannes und ich die Schule schon hinter uns. Sie wissen ja, wie abgelegen Schneebergsweiler liegt. Den kleinen Kindern war ein Schulweg von anderthalb Stunden bei jedem Wind und Wetter nicht zuzumuten. Öffentliche Verkehrsmittel oder gar Schulbusse gab es nicht. So kam das kleine Nest für seine zwanzig oder höchstens einmal dreißig Schüler in den Genuss einer eigenen kleinen Volksschule, die alle Kinder besuchten, alle in einem einzigen Raum und alle bei einem einzigen Lehrer. Hannes und ich wurden zusammen eingeschult und saßen während unserer ganzen Schulzeit auf derselben Bank – es waren wirklich Bänke damals, verschieden groß. Alle ein oder zwei Jahre rückten wir eine Reihe weiter nach hinten und bei jeder Versetzung wurden die Tische ein bisschen höher.

Unser erster Lehrer war ein uralter Mann, so jedenfalls erschien er uns, obwohl er sicher noch um einiges jünger war als ich heute. Ich habe wenig Erinnerungen an ihn. Später, - wir gehörten als Fünftklässler bereits zu den „Großen" - bekamen wir einen neuen. Das war für uns damals zunächst wichtiger als das, was sich sonst im Land so änderte. Unsere Eltern versuchten zwar, uns Kinder nicht von ihren Sorgen merken zu lassen; aber so ganz gelang es ihnen je länger je weniger.

SA-Leute oder gar SS bekamen wir in unserm kleinen Dorf am Ende der Welt kaum zu sehen, zunächst nicht einmal die Hitlerjugenduniformen. Gegen Ende unserer Schulzeit wurde dann der „Staatsjugendtag" eingeführt: der Samstag wurde schulfrei; dafür war es für alle Kinder Pflicht, an den Zusammenkünften der „Jungmädel" und des „Jungvolks" teilzunehmen. Für alle, nur für uns als Juden nicht. Wir seien dessen nicht würdig, hieß es zur Begründung. Aber das focht uns zunächst wenig an. So konnten wir wenigstens unsern

Sabbat in Ruhe feiern Man ließ uns in Ruhe. Und für Schneebergsweiler galt dies auch noch lange Zeit.

Als ich noch zu den „Kleinen" gehörte, beneidete ich oft die „Großen", das waren die in den oberen Klassen, um den Geschichtsunterricht, bei dem ich gerne heimlich zuhörte, wenn ich die Aufgaben erledigt hatte, die die übrigen Klassen zugeteilt bekamen, während der Lehrer mit den Großen direkt arbeitete. Aber als ich selbst nun bei diesem Geschichtsunterricht mitarbeiten durfte oder besser gesagt: sollte, begann ich ihn allmählich zu fürchten, weil der Lehrer immer mehr von den schrecklichen Juden sprach, die das Unglück des Volkes seien. Ich schämte mich dann dafür, selbst einer zu sein, obwohl ich bis dahin das immer als eine Art Privileg angesehen hatte.

Dass der Lehrer im Anfang noch versucht hatte, mich zu beruhigen, es gehe dabei vor allem die Großen wie Tietz und Rothschild und so, nicht um so kleine Leute wie uns, hatte ich schon gleich mit Skepsis vernommen; denn allmählich begriff auch ein Kind, dass das mit den kleinen Leuten so auch nicht stimmte. Eines Tages nämlich erschien im Dorf ein Lastwagen mit der Aufschrift „Staatliche Viehverwertung". Das hatte es bis dahin noch nicht gegeben. Immer, so lange sie denken konnten, hatte der Handel mit Schlacht- und Nutzvieh in den Händen der Juden gelegen. Auch unsere Familie lebte davon. Ich ahnte schwere Zeiten.

Dass Juden keine „Arier" heiraten durften, berührte uns weniger. Alle unser Verwandten waren Juden und vermieden von sich aus Ehen mit christlichen Partnern. Was uns weitaus empfindlicher traf, waren die Schilder, die erst nur hie und da, bald aber in fast allen Dörfern, wenn auch nicht gerade in Schneebergsweiler, aufgestellt wurden:

„Juden sind hier unerwünscht."

Dass es sich dabei um keine harmlosen, wenn auch bösen, Späße handelte, begriffen wir bald. Denn immer schwieriger wurde es für unsere Eltern, uns ihre Sorgen zu verbergen. Immer häufiger hörten wir von Bekannten aus der Kreisstadt, dass sie ausgewandert seien. Und meistens trieben solche Nachrichten meiner Mutter die Tränen in die Augen. Sie war eine stille, zarte Frau und hatte vor ihrer Ehe bei einem jüdischen Kinderarzt als Sprechstundenhilfe gearbeitet. Nun fiel es ihr von Jahr zu Jahr, von Monat zu Monat schwerer, meine beiden Schwestern und mich, die alte, kranke Großmutter und schließlich sich selbst zu ernähren und zu kleiden. Sie lernte nähen, sogar meine dicken Hosen, und pflegte mit großer Sorgfalt den kleinen Gemüsegarten hinter unserm Haus und eine oder zwei Ziegen, die sich ganz verloren ausmachten in dem viel zu großen Stall, so dass ich mich nicht erinnern kann, dass wir je Hunger gelitten hätten Trotzdem spürten wir den Schatten, der immer bedrohlicher über unserer Kindheit lag.

Die meisten Bauern in Schneebergsweiler handelten zwar weiter mit uns. Aber einige zogen die staatliche Viehverwertung doch vor. Gerade Ihr Urgroßvater -- das muss ich leider sagen – hielt sich besonders reserviert uns gegenüber, obwohl er bestimmt kein Nazi war. Das sei nicht immer so gewesen, sagte Ihr Großvater, der gelegentlich heimlich sich mit mir traf zu kleinen Entdeckungen, meist dann, wenn er seinen Vater weit weg wusste.

Immerhin: in Schneebergsweiler hatte selbst die SA, die gelegentlich aus der Kreisstadt anrückte, kein Glück mit den bewussten Schildern. Wenn sie am Abend solch ein Schild aufgestellt hatte, war es meist am andern Morgen verschwunden. Zwei, dreimal ging das gut. Dann wurde mein Vater zum Kreisleiter bestellt. Der machte ihn verantwortlich dafür, sprach von Sabotage und drohte ihm ganz offen, ihn im Wiederholungsfall hinter Schloss und Riegel zu bringen.

Das sprach sich herum. Von da an blieben die Schilder stehen, eins davon genau vor unserm Haus, so dass wir es täglich als Mahnung oder Drohung sehen mussten, das andere an der Scheune Ihrer Urgroßeltern am andern Ende des Dorfes. Aber die Bauern bemühten sich seitdem, wenn sie mit ihren Fuhrwerken vorbeikamen, sie so mit Dreck oder Jauche zuzuspritzen, dass die Aufschrift unleserlich wurde. Trotzdem: die Allgegenwart dieser Schilder war wie ein Stachel im Fleisch für uns.

Schneebergsweiler war zwar nicht gerade ein Widerstandszentrum gegen die Nazis; aber recht Fuß fassen konnten deren Ideen bei den konservativ-katholischen Bauern nicht. Dazu waren diese viel zu sehr nur mit ihrer Arbeit beschäftigt. Immerhin gab es irgendwann auch bei uns einen „Ortsbauernführer", der zwar nicht so verbohrt war wie die Ortsgruppenleiter der Partei oder auch nur die Parteimitglieder, von denen es kein einziges im Dorf gab, aber so ein Bauernführer war natürlich verantwortlich für die Durchführung der behördlichen Erlasse – und also auch dafür, dass möglichst alle Arten von Vieh der staatlichen Viehverwertung zugeführt wurde. Als dann zu Beginn des Krieges einige Evakuierte aus den bombengefährdeten Städten in die Dörfer zwangseinquartiert wurden, kamen allerdings auch andersgesinnte Menschen, die wenig in die festgefügte Dorfgemeinschaft passten. Es waren dies zunächst nur Frauen und Kinder. Dann kamen von zwei dieser Frauen die kriegsversehrten Ehemänner dazu. Und einer von diesen wurde auch prompt als Ortsgruppenleiter der Partei eingesetzt, ein Amt, das damals an Machtfülle das des Bürgermeisters hinter sich ließ.

Davon freilich weiß ich nur vom Hörensagen; denn ich wohnte damals schon nicht mehr in Schneebergsweiler. Als ich aus der Schule entlassen wurde, wagte ich ein einziges Mal, das Thema Auswandern bei meinen Eltern anzusprechen. Es war das einzige Mal, wo ich meinen Vater weinen sah. Vielleicht ahnte er schon, was uns bevorstand, auch wenn das, was dann wirklich geschah, ihm wenigstens damals noch unvorstellbar war. Unsere Familie gehörte noch nie zu den begüterten. Mit drei Kindern und einer gebrechlichen Großmutter, die an sich schon ein Hindernis gewesen wäre, hätten wir da schon allerhand Geld auf den Tisch legen müssen, das wir ebenso wenig hatten wie freundliche Bürgen in Amerika oder anderswo. So lebten wir dann weiterhin unauffällig und mehr schlecht als recht in unserer Bruchbude am Ortsrand, in der schon die Großeltern gelebt hatten. Meine Eltern hofften, dass die Behörden in der Kreisstadt uns vielleicht einfach vergessen hätten oder doch noch einmal bessere Zeiten kommen würden.

doch noch einmal bessere Zeiten kommen würden. Das eine war so unrealistisch wie das andere. Aber es war das einzige, woran sie sich noch klammerten..

In der Tat schlugen sie sich auch jahrelang durch. Selbst nach der berüchtigten Reichskristallnacht blieben sie verschont. Da sorgten schon die Schneebergsweilerer dafür. Es wäre allerdings auch kaum etwas zu holen gewesen bei ihnen. Damals lebte ich allerdings selbst schon nicht mehr bei ihnen, erlebte aber die Schrecken jener Nacht in Frankfurt. Doch das ist eine andere Geschichte..

1937 wurden wir aus der Schule entlassen. Für Hannes war klar: er blieb zuhause und half seinem allmählich schon alternden Vater auf dem Hof, nicht anders als seine beiden Brüder, die allerdings wenig älter waren als er und bald sich nach auswärts verheirateten.

Ich selbst wäre normalerweise in den Viehhandel meines Vaters eingestiegen. Doch daran war unter den derzeitigen Verhältnissen nicht zu denken. Er verdiente ja selbst kaum mehr etwas damit, weil die Bauern in der Umgebung immer häufiger ihr Schlachtvieh von der staatlichen Viehverwertung abholen ließen als von ihm. Von den paar Schneebergsweilerern, die noch weiter zu uns hielten, konnte er keine sechsköpfige Familie ernähren.

Ein Cousin meines Vaters war – leider kinderlos, was beide sehr bedauerten - in Frankfurt mit einer christlichen Frau verheiratet, der ein halbwegs florierendes Teppich- und Polstermöbelgeschäft gehörte. Weil sein Vater im Weltkrieg als Offizier ausgezeichnet worden war und seine Frau einer angesehenen Familie angehörte, bildete er sich zunächst wohl ein, von den harten Gesetzen verschont zu bleiben, die inzwischen Gültigkeit erlangt hatten. Er sollte sich sehr täuschen. Doch zunächst erreichte es mein Vater, dass ich bei ihm wenigstens als Laufbursche arbeiten durfte. Eine Berufsausbildung war mir als Volljude verwehrt. So kam ich also nach Frankfurt.

Einen Augenblick hielt er inne.

„War da nicht alles noch viel schlimmer?" fragte Martin erstaunt, „Wenn ich Sie recht verstanden habe, war es doch damals in so einem kleinen Dorf als Jude leichter."

„Ja und nein", zögerte Daniel Rosenblatt ein wenig, ehe er fortfuhr:
Merkwürdigerweise blieb ich in den ersten Jahren relativ unangefochten. Relativ natürlich. Vielleicht war das in der Anonymität der Großstadt und bei dem gut funktionierenden Nachrichtendienst unter den Juden selbst leichter möglich als auf dem Dorf. Wir stärkten uns gegenseitig, während wir im Dorf immer die einzigen Andersartigen waren. Aber leicht war es auch in Frankfurt wahrhaftig nicht für uns. Doch wir versuchten, das Bestmögliche aus unserer Lage herauszuholen.
Meine Mutter stammte, wie ich schon andeutete, aus der Stadt und hatte dort das Lyzeum besucht. Sie muss eine sehr gute Schülerin gewesen zu sein, vor allem in den Sprachen. So versuchte sie, uns Kindern ein wenig mehr an Bildung zu vermitteln als dies in der winzigen Dorfschule möglich war. Nun nützte ich die Grundkenntnisse der englischen Sprache, die sie mir beigebracht hatte, und bildete mich mit Büchern weiter, von denen mein Onkel eine Menge besaß.
„Lern, was du lernen kannst", ermahnte mich auch mein Onkel, „Wissen ist ein Schatz, den dir auch die Nazis nicht rauben können." Jede freie Minute nutzte ich so, nicht nur für Englisch. Auch die übrigen Schätze seiner reichhaltigen Bibliothek stellte er mir zur Verfügung. Vielleicht lernte ich so mehr als ich in der Schule je hätte lernen können. Denn inzwischen war allen jüdischen Kindern der Besuch einer deutschen Schule verboten worden. Meine beiden Schwestern saßen nun ohne Schulabschluss zuhause und ließen sich von meiner Mutter nebenher unterrichten, so weit dies zwischen Nähmaschine und Garten möglich war.
Nach Ausbruch des Krieges wurden die Rechte der Nichtarier immer mehr beschnitten und das Leben immer schwieriger und gefährlicher. Irgendwann kam dann die Verordnung, die alle Juden zum Tragen eines deutlich sichtbaren Sterns mit der Aufschrift „Jude" verpflichtete. Das

Geschäft meines Onkels wurde geschlossen. Nun ja, das wurden einige nichtjüdische Geschäfte im Laufe des Krieges auch, so weit sie nicht als kriegswichtig eingestuft waren. Mein Onkel, der schon auf die Siebzig zuging, nahm es gelassen und mit bewundernswertem Gottvertrauen hin. Ich aber merkte sehr bald, dass es einfach ums Überleben ging. Ich hielt mich und teilweise auch Onkel und Tante mit irgendwelchen Gefälligkeitsarbeiten bei Bekannten meines Onkels notdürftig über Wasser.

Zunächst wohnte ich weiter im Haus meines Onkels, der mich aber wohlweislich nicht polizeilich angemeldet hatte, in einem kleinen Mansardenzimmerchen, das er mir von Anfang an zur Verfügung gestellt hatte. Eigentlich war es nur eine Abstellkammer. Aber es hatte immerhin ein kleines Fensterchen, das auf einen Winkel zwischen den Dächern hinauslief und wenigstens ein wenig Licht herein ließ, ohne als bewohnter Raum aufzufallen. Hier verhielt ich mich den Tag über still und unauffällig, kam nur zu den Mahlzeiten zu den Verwandten und las und lernte im Übrigen viel, verbesserte mein Englisch bis zur Perfektion und gelangte dank der umfangreichen Bibliothek meines Onkels zu einem Wissensstand, der durchaus dem eines Abiturienten entsprach. Nach draußen wagte ich mich nur im Schutz der Dunkelheit. Die war damals gerade in den Städten fast absolut. Aufs strengste achtete jeder bei sich und bei andern auf peinlich genaue Durchführung der Verdunkelung. Wehe, wenn an einem Fenster auch nur ein winzig kleiner Lichtstreifen zu erkennen war! Das rief unweigerlich ein wütendes Betätigen der Türklingel durch Vorübergehende oder – schlimmer noch – durch die amtlichen Kontrolleure hervor. So tief war die durch keinen kleinen Schimmer unterbrochene Dunkelheit, vor allem in trüben, mondlosen Nächten, dass selbst der Gelbe Stern, den ich zwangsläufig wie alle Juden tragen musste, kaum auffiel.

Mit der Zeit hatte ich mir einen ziemlich weitläufigen Kreis von Bekannten aufgebaut, nicht nur von Juden. Es gab auch unter den „Ariern" durchaus noch einige, die es wagten, mit Nichtariern Beziehungen aufrecht zu erhalten. Längst nicht alle Deutschen waren Nazis, merkten wir bald.

Trotzdem beschlich mich ein immer beklemmenderes mulmiges Gefühl. Es war nur eine Frage der Zeit, dass auch ich entdeckt werden würde. Mein Onkel, der zunächst noch einen unbezwingbaren Optimismus verbreitete, wurde allmählich auch ängstlicher und vorsichtiger, zumal der erst indirekte, dann aber doch immer direktere Druck auf meine Tante, sich scheiden zu lassen, ins Unerträgliche wuchs. Sie dachte nicht daran und wollte lieber mit ihm alle Bedrohung der Juden auf sich nehmen als ihn gerade jetzt zu verlassen. Da sie keine Kinder hatten, blieb ihnen wenigstens diese Sorge erspart.

Als eines Tages mein Onkel, der inzwischen längst das Rentenalter erreicht hatte, einen Arbeitsbefehl in einer Munitionsfabrik erhielt und auch meine Tante zum Arbeiten in einer Molkerei, die als „kriegswichtig" eingestuft war, antreten musste, war es auch mir klar, dass meines Bleibens dort nicht länger sein konnte. Ich ging also, wie wir es damals nannten „auf Tauchgang", heute würde man sagen: in den Untergrund.

Es war eine aufregende, gefährliche Zeit. Wir waren etwa zwei Dutzend Juden in Frankfurt, die sich auf diese Weise durchschlugen. Nach dem „Winterfeldzug" in Russland, der mit ersten militärischen Rückschlägen endete, wagten wir zu hoffen, dass der Krieg, der damit in unsern Augen bereits verloren war, schon bald mit dem Fiasko der Nazis enden würde. Wie verheerend wir uns damit verrechnet hatten, merkten wir erst hinterher. Es sollten noch Jahre vergehen, bis es so weit war. Jahre voller Angst, Gefahr und Tod.

Die Aussicht auf ein baldiges Ende der Schattenexistenz ließ uns die mancherlei Unbilden und Gefahren leichter ertragen. Wir mussten dauernd den Aufenthaltsort wechseln, hielten uns in immer wechselnden Gruppen zuweilen auf Dachböden oder in Ruinen auf, völlig ungeschützt in den Bombennächten, immer in der Gefahr, dabei von einer Sprengbombe getroffen oder von Luftschutzmannschaften auf der Suche nach Brandbomben entdeckt zu werden. Was das bedeutet hätte, darüber machten wir uns keine Illusionen. Aber eine legale Existenz als Jude bedeutete mit Sicherheit den Tod, dem wir auf diese Weise vielleicht noch entgehen konnten; das wussten wir. Allenfalls wäre uns noch eine Galgenfrist gegeben worden als Zwangsarbeiter in einer Munitionsfabrik, so lange, bis sie alles, was noch an Kräften in uns vorhanden war, aufgebraucht und wir krank oder invalide sein würden. Aber wir waren jung und wollten leben, was zunächst einmal Überleben hieß. Und das außerhalb der Legalität. Um nicht zu verhungern, durften wir auch vor Diebstählen nicht zurückschrecken. Wir trösteten uns da mit unserm König David, der auf der Flucht vor seinen Verfolgern in das Allerheiligste eindrang, was doch nur den Priestern erlaubt war, und dort die rituellen Schaubrote an sich nahm, deren Besitz und Verzehr ebenfalls nur den Priestern vorbehalten war, um seinen und seiner Gefährten Hunger zu stillen. So beruhigten wir wenigstens unser religiöses Gewissen.

Mit meinen Eltern hatte ich nur eine sehr lockere Verbindung. Von Anfang an schrieben wir einander selten und nur knappe Mitteilungen. Da ich ja keinen festen Wohnsitz angeben konnte, waren dem von daher schon Grenzen gesetzt. Ich wagte auch nicht, sie etwa um postlagernde Briefe zu bitten. Wir mussten damit rechnen, dass jeder Brief von den Behörden gelesen und sein Weg genau kontrolliert werden würde. So beschränkten wir uns immer mehr auf mündliche Nachrichten, die uns auf oft wunderlichen, verschlungenen Wegen erreichten.

David Rosenblatt hielt eine Weile verschnaufend inne. Seine Frau hatte keines seiner Worte verstanden; aber sie spürte sicher, dass es sich um den dunklen Hintergrund seines Lebens handelte, über den er auch ihr gegenüber bisher geschwiegen hatte. Sie selbst, deren Familie Anfang der Fünfziger Jahre aus den USA eingewandert war, hätte es sich auch ebenso wenig vorstellen können wie die jungen Leute aus Deutschland, deren Eltern die Zeit erlebt hatten, wenn auch womöglich auf der andern Seite.

„Ich habe einiges darüber gelesen", unterbrach Renate den Redefluss ihres Gastgebers, „Gerade in den letzten Jahren sind eine Reihe von Büchern erschienen, vor allem von Jugendlichen aus Berlin. Das wird in Frankfurt nicht anders gewesen sein."

„Aber es ist doch ein Unterschied zwischen Büchern, Fotos und Filmen – und wenn sie noch so gut gestaltet sind - und dem Bericht eines Menschen, der die ganze Angst und Unbehaustheit selbst erlebt hat", fügte Martin hinzu. Rosenblatt seufzte und fuhr fort:

Trotzdem möchte ich mich jetzt auf das beschränken, was Sie und Ihre Familie, vor allem aber Ihren Großvater, angeht.

Seit einigen Monaten hatte ich nichts mehr von meiner Familie gehört. Einer der Mittelsmänner, durch die wir uns hin und wieder Grüße zukommen ließen, war ausgeblieben. Und einige von denen, die gelegentlich zu einem unserer heimlichen Stützpunkte kamen, waren dort ebenfalls schon beängstigend lange nicht mehr aufgetaucht. Meine Unruhe wuchs. Ich wollte unbedingt wissen, wie es meiner Familie zuhause ging und fasste schließlich im Herbst 1943 den eigentlich aberwitzigen Entschluss, sie zu besuchen.

Fragen Sie nicht, auf welche Weise ich die Strecke hinter mich brachte. Öffentliche Verkehrsmittel zu benutzen wäre Selbstmord gewesen. Sie wurden schärfstens kontrolliert, nicht nur wegen der Fahrkarten. Überall, auf den Bahnhöfen und in den Zügen, wimmelte es von Feldpolizei. Ständig suchten sie jemand: Deserteure, entlaufene Kriegsgefangene – und natürlich Juden. Tagsüber konnte ich es nicht wagen, mich irgendwo sehen zu lassen. Zwar war ich überzeugt, dass von meinem Gesicht her nicht so schnell einer auf den Gedanken kam, einen Juden vor sich zu haben. Aber ein junger Mensch in meinem Alter ohne Uniform hätte sich überall verdächtig gemacht und wäre zumindest höflich nach seinem Ausweis oder Soldbuch gefragt worden.

Ich konnte nicht einmal den kürzesten Weg nehmen, der durch das weite, baumlose Rheinhessische Hügelland geführt hätte. Ich musste es umgehen (im wahrsten Sinne des Wortes) und mich möglichst viel durch Wälder an unsere Berge heranpirschen, auch das lieber bei Nacht, um nicht Gefahr zu laufen, gerade jetzt im Herbst Pilzsuchern zu begegnen, die sich ja bekanntlich nicht an die Wege halten, und von ihnen argwöhnisch betrachtet und vielleicht einer nahen Streife verraten zu werden.

Kurz vor Erreichen des Dorfes hielt ich es einfach nicht mehr aus. Am frühen Morgen verließ ich das Dickicht, das ich mir für den folgenden Tag als Versteck ausgesucht hatte und versuchte, vom Waldrand aus wenigstens einen kleinen Blick auf das Dorf zu erhaschen. So lautlos wie möglich schlich ich mich auf schmalen Rehpfädchen durch das bereits teilweise kahle Unterholz – da stand auf einmal wie aus dem Boden geschossen Hannes Karger vor mir. Merkwürdig: an ihn hatte ich am wenigsten gedacht. Ich hatte ihn seit gut sechs Jahren nicht mehr gesehen und keine Ahnung, wie er jetzt aussehen würde, wähnte ihn wie alle Männer des Dorfes und also auch alle, die ich als Buben gekannt hatte, an der Front, obgleich ich mir ja hätte sagen müssen, dass Hannes mit seinem krummen Bein, der keinen geraden Schritt gehen konnte, sicher wehruntauglich war, wie man das damals nannte. Doch wir erkannten einander beide sofort. Ich erschrak – und er, wie mir schien, ebenfalls. Ich konnte nicht erkennen, warum.

„Du, David?“ fing er verdattert an und zischte mir, während er sich ängstlich nach allen Seiten umsah, ins Ohr: „Versteck dich!“ Dann drängte er mich, ehe ich es richtig begriff, ins nächste Dickicht und flüsterte hastig weiter: „Du kannst nicht nach Hause. Heute Nacht haben sie deine Leute abgeholt. Alle.“

„Wer?“ fragte ich mechanisch und wusste doch, dass die Antwort darauf so unwichtig war wie alles andere.

„Polizei, SS oder sonst wer – ich weiß es nicht. Es war ja dunkel. Die können nicht nur poltern und brüllen. Die können auch lautlos agieren, wenn es sein muss. Nicht einmal die nächsten Nachbarn haben etwas bemerkt. Deine Leute haben sich offenbar nicht gewehrt, nicht einmal aufgeschrieen. Keiner im Dorf hat etwas gesehen oder gehört. Erst als die Kerle wie die Wilden Gas gaben und davonbrausten, wurden einige wach. Ein Blick auf die offenen Haustüren bei euch am Morgen – und wir begriffen alle, was geschehen war. Aber da war es zu spät. Wir konnten nichts mehr ändern.“

„Vielleicht ganz gut so für euch", war alles, was ich sagen konnte, „Ihr hättet auch vorher nichts ändern können." Dann wurde mir schwarz vor den Augen.

„Komm, mach nicht schlapp", schüttelte Hannes mich, „Wenigstens einer von euch muss doch davonkommen."

Wie denn? Wo denn? Wozu denn? Ich weiß nicht, ob ich es nur dachte oder wirklich aussprach. Hannes schüttelte mich noch immer oder schon wieder.

„Mach jetzt bloß keine Dummheiten, Mensch! Pass auf!"

Er überlegte wohl eine Weile; es war mir alles egal. Ich war zu keinem vernünftigen Gedanken fähig. Was das bedeutete, abgeholt zu werden, darüber machte ich mir keine Illusionen. Ich weiß nicht, wie lange es dauerte, bis Hannes so etwas wie einen Plan ausgeheckt hatte und mir nun erklärte.

„Im Augenblick kann ich nichts für dich tun", sagte er noch immer so leise, als fürchte er, Rehe und Hasen könnten uns verraten, „Den Tag über musst du dich hier im Wald verbergen. Bleib am besten hier. Das Unterholz ist dicht genug, dass du dich darin verstecken kannst. Und Spuren sehe ich auch keine, die du hättest hinterlassen können. Es hat zum Glück lange nicht geregnet ..." Er sah prüfend zum Himmel. „Und für die nächsten Stunden sieht es auch nicht danach aus. Aber verhalt' dich ganz ruhig, dass dich keiner entdeckt. Pilze gibt es hier nicht. Aber Holzsammler kommen schon mal hierher." Er schien zu überlegen.

„Ich glaube, du hast Glück. Es ist Dienstag heute, da ist es verboten. Aber du weißt ja: Verbotenes reizt immer doppelt. Sicher ist nichts." Er kniff mich in den Arm.

„Was ich jetzt mache, ist auch verboten. Das weißt du doch wohl ..."

Schwerfällig erhob er sich mit seinem krummen Bein vom Boden.

„Bleib hier. Oder wenigstens in der Nähe. Heute Abend, wenn es dunkel ist, komme ich und hole dich. Bis dahin werde ich wohl ein Versteck für dich ausfindig gemacht haben. Ich werde hier auf dem Weg dreimal wie ein Käuzchen schreien. Merk dir die Richtung. Dann komm mir entgegen. Wir haben

Glück: der Mond geht erst gegen Morgen auf. Bis dahin bist du in Sicherheit. "

„Was hast du vor? fragte ich. Er legte die Finger auf die Lippen.

„Du wirst schon sehen. "

Dann kramte er in seinen Taschen und zog sein Vesperbrot heraus und eine angebrochene Flasche mit Birnenwein. Mir war der Appetit vergangen. Aber er duldete keinen Widerspruch.

„Na, so'n Dusel aber auch!" versuchte er zu scherzen, „Bloß Käse. Nicht einmal Wurst. Sogar koscher. Und wenn! Wär' auch egal. Du brauchst was in den Magen, siehst ja ganz verhungert aus. Und trink auch was, das ist wichtig!" Und damit verschwand er und ließ mich allein.

Es wurden lange, bange Stunden, können Sie sich vorstellen. Stunden voller Angst und Zweifel, in denen auch das Misstrauen in mir hochstieg wie ein tödliches Gift. Wie kam ausgerechnet der Hannes dazu, mir zu helfen, fragte ich mich. Wir waren doch alles andere als Freunde gewesen, hatten uns nach der Schule kaum noch gesehen, auch wenn wir bis dahin notgedrungen unsere ganze Schulzeit hindurch auf einer Bank nebeneinander gesessen hatten. Und in den letzten Jahren war die Verbindung zwischen uns – wie zwischen dem Dorf und mir überhaupt – vollends abgerissen. Was wusste ich, wie er sich in der Zwischenzeit entwickelt hatte?

Es war ebenso gut denkbar, dass er mit denen, die meine Familie abgeholt hatten, unter einer Decke steckte und sich nun mit mir ein leichtes Spiel versprach. Vielleicht stimmte das, was er mir erzählt hatte, auch gar nicht - woher sollte ich das wissen? Vielleicht hatte er mich nur in eine sichere Falle gelockt und dies war nun wirklich das Ende für mich?

Aber irgendwann war mir auch das gleichgültig. Ich wartete nur noch fatalistisch auf das, was kommen würde. An diesem Morgen schien mir mein Leben sinnlos geworden zu sein. Was sollte ich als einziger Überlebender meiner Familie? Eine Frage übrigens, die mich so oder so ähnlich immer wieder beschäftigte: Wieso ich allein? Ich fühlte mich schuldig an ihnen, als sei ich selbst die Ursache für ihr Auslöschen und *auch für das Verschwinden der Freunde, die einer nach dem andern vom Suchen nach einem neuen Versteck oder nach Essbarem nicht mehr zurückgekommen waren. Aber zugleich war da etwas anderes, wofür ich mich schämte. Heute möchte ich es Lebensinstinkt nennen. Damals war es mir unerklärlich, dass ich trotz allem ein solch jämmerliches Leben zu erhalten wünschte, ja es womöglich sogar liebte.*

Der Abend kam. Es wurde dunkel. Dann, tatsächlich, dreimal hintereinander der Käuzchenruf. Vorsichtig kroch ich aus meinem Versteck und witterte wie ein Tier nach allen Richtungen. Die Luft schien rein zu sein. Kein verdächtiger Laut. Nur die Schritte von Hannes. Dann entdeckten ihn meine allmählich ans Dunkel gewöhnten Augen zwischen den hohen Farnen. Ein Stein fiel mir vom Herzen: er war allein!

„Hast du Angst?" flüsterte er. Ich antwortete nicht. Mechanisch ging ich auf ihn zu, reichte ihm die Hand.

„Niemand weiß etwas davon", versicherte er mir, „Keiner hat mich gesehen." Und dann: „Du kennst doch das alte Wingertshäuschen in den Hangwiesen?" Es klang fast wie damals, als er mich zum ersten Mal mit dorthin genommen hatte. Wie eine Verschwörung.

„Die paar Mauern, von denen du mir erzähltest, dass dein Ur-Urgroßvater sich dort eine Woche lang versteckt gehalten habe?"

„Drei", kicherte er, genau drei Wochen. Ich weiß: es ist halb zerfallen. Aber wahrscheinlich kann dir nichts Besseres passieren. Keiner käme auf die Idee ..."

Keiner außer dir, dachte ich, wirklich eine verrückte Idee. Nie hatte sich jemand außer uns um die zerfallenen Gemäuer gekümmert. Die Idee, dort zu spielen, kam von ihm, erinnerte ich mich, von wem denn sonst?. Was weiß ich, warum er ausgerechnet mich dazu aussuchte, es mit ihm zu erkunden. Wo doch sein Vater immer etwas gegen mich hatte und nicht wollte, dass ich auf seinem Hof erschien. Das Häuschen war damals schon nicht mehr als ein Steinhaufen mit quietschender Tür und sicher undichtem Dach. Nichts, was uns eigentlich zum Spielen hätte verlocken können. Ich erinnerte mich, wie wir damals doch ziemlich enttäuscht abgezogen waren. Und keiner von uns beiden hätte daran gedacht, dass einmal daraus für uns blutiger Ernst werden würde.

„Es ist natürlich nichts für die Dauer", sagte Hannes, als wir endlich nach einem mir endlos erscheinenden und schweigend zurückgelegten Weg ankamen, „Aber im Augenblick ist es wenigstens noch nicht so eisig kalt. Warme Sachen hast du ja bei dir, wie ich sehe. Da wirst du es schon ein paar Tage aushalten können. Und dann werden wir weitersehen."

Er stieß vorsichtig die morsche Tür auf und stellte ächzend einen Korb ab, den er die ganze Zeit mit sich geschleppt hatte.

„Teil dir die Verpflegung sparsam ein! Wenn es trocken bleibt, komm' ich morgen Abend wieder. Aber wenn es regnet, ist es zu gefährlich. Jemand könnte meine Fußspuren entdecken und misstrauisch oder auch nur neugierig werden. Was tut schließlich ein gerade verheirateter Mann im alten Wingertshäuschen?"

„Du bist verheiratet?" fragte ich erstaunt, „Mit wem denn?"

„Kennst du nicht. Eine aus Klein-Heckertsdorf. Hab ich in der Landwirtschaftsschule kennen gelernt." Er kicherte wieder.

„So ein krummes Bein hat auch sein Gutes", fuhr er fort. Ich ahnte mehr als ich in der Dunkelheit wirklich erkennen konnte, dass er dabei vor sich hin grinste. „Ich brauchte nicht Soldat zu werden und war mit Abstand der Älteste in der Landwirtschaftsschule. Na ja - und so hatte sogar ein Krüppel wie ich auf einmal Chancen bei den Mädchen."

„Da hast du es aber sehr eilig gehabt. An so was wie heiraten kann einer wie ich überhaupt noch nicht denken."

Er seufzte ein bisschen.

„Na ja, ist ja ein netter Kerl, meine Ilse. Ich hab sie auch wirklich gern. Aber ein paar Jahre hätten wir ganz gern noch Zeit gehabt, um unsere Jugend zu genießen. Doch dann starb im ersten Kriegsjahr mein Vater und meine Mutter stand nun allein mit all der Arbeit auf dem Hof"

„Und deine Geschwister?"

„Soldaten oder verheiratet, allesamt. Bis auf Klara. Die möchte unbedingt ins Kloster gehen. Auch so etwas Verrücktes.

Die Nazis möchten am liebsten alle Mönche und Nonnen abschaffen, wahrscheinlich das Christentum überhaupt. Aber Klara, die hat nichts anderes im Kopf. Keine große Hilfe für meine Mutter. Na ja, was blieb mir da anders übrig als zu heiraten?"

Ich sah ihn zweifelnd an. Er schien meine Befürchtungen zu spüren.

„Keine Angst!" beruhigte er mich, „Nicht einmal Ilse weiß etwas von dir."

„Gut so", entfuhr es mir, „Das ist der wichtige Satz für die im Untergrund: So wenig Mitwisser wie wenig. Was man nicht weiß, kann man auch nicht verraten. Nicht einmal aus Versehen." Und dann konnte ich es mir doch nicht verkneifen, ihm die Frage zu stellen, die mir die ganze Zeit schon auf der Zunge lag, seit ich ihn getroffen hatte:

„Warum riskierst du das alles für mich?" Er winkte ab.

„Weiß ich auch nicht. Darüber hab ich gar nicht erst nachgedacht. Menschlichkeit? Oder - vielleicht weil ich ein Christ bin ..."

Ich stutzte. Mit einem Mal wurde mir bewusst, dass wir als Kinder nie darüber gesprochen hatten. Man war eben Christ oder Jude, weil man von solchen Eltern geboren wurde. Aber dass das eine wie das andere viel mehr für einen bedeuten konnte, das begann ich damals zu ahnen.

Nun ja, komfortabel war meine Bleibe wahrhaftig nicht: eng, dreckig und voller Spinnweben. Und Feldmäuse gab es auch, vor denen ich meine Essensvorräte in Sicherheit bringen musste. Besser gesagt als getan. Das einzige Möbelstück war die Bank, die tatsächlich noch einigermaßen stabil war, jedenfalls so, dass sie mein nicht gerade mächtiges Gewicht tragen konnte. Der Tisch war längst zusammengekracht und lag in einzelnen Brettern kreuz und quer am Boden. Ich schichtete sie erst einmal aufeinander, damit ich wenigstens ein paar Schritte machen konnte ohne zu stolpern oder anzustoßen. Die Vorräte musste ich im Auge behalten und nötigenfalls vor den kleinen Konkurrenten verteidigen. Jetzt an Ekel oder Angst zu denken, kam nicht in Frage.

Am nächsten Abend kam Hannes wieder und brachte mir eine alte Pferdedecke. Zwar gerade kein Prachtstück, meinte er, und an den Tiergeruch würde ich mich hoffentlich wieder erinnern, den kenne ich ja von zu Hause, auch wenn ich in Frankfurt mit anderem als mit Kühen, Schweinen und Pferden gehandelt hätte. Er habe leider im Augenblick nichts Besseres loseisen können ohne aufzufallen. Und ein bisschen warm halten würde sie hoffentlich auch. Das sei doch wohl zunächst einmal das Wichtigste. Das tat sie dann auch und ich war glücklich darüber; denn die Nächte begannen empfindlich kalt zu werden und außerdem auch immer länger.

Ich hatte nun sehr viel Zeit für mich zum Nachdenken, wenn auch kaum zum Studieren. Natürlich gab es keine Bücher in dem winzigen Verlies, noch nicht einmal ein paar Fetzen Papier, um etwas zu schreiben. Ich sann nach über Gott und die Welt. Und das müssen Sie ganz wörtlich nehmen. Wenn mir als Schulbub oder meinen Eltern damals jemand gesagt hätte, dass ausgerechnet Hannes Karger mich einmal verstecken und mir damit vielleicht das Leben retten würde, - ich glaube, den hätten wir alle für verrückt erklärt. Aber vielleicht war gerade diese dorfbekannte Distanz zwischen unsern Eltern jetzt unser Glück. Keiner wäre auf die Idee gekommen, einen Rosenblatt ausgerechnet bei einem Karger zu suchen.

„Hätte ich selbst auch nicht gedacht", sagte Hannes eines Tages, als ich ihn noch einmal darauf ansprach. Seine Antwort am ersten Abend ging mir nicht aus dem Kopf.

„Du liefst mir doch buchstäblich über den Weg", lachte er, „Da konnte ich doch nicht anders als dir helfen. Ist doch nicht mehr als Menschlichkeit. Der Mann, dessen Namen wir Christen tragen, verlangt noch ganz anderes von uns." Ich konnte mir nichts Größeres vorstellen als das, was Hannes an mir tat.

„Feindesliebe", erklärte Hannes, „Sogar das erwartet er von uns."

„Feindesliebe?" wiederholte ich in einer Mischung aus Ablehnung und Empörung, „Ich kann mir nicht vorstellen, dass ich dazu fähig sein könnte. Diejenigen lieben, die meine Eltern weggebracht haben und meine Freunde und Verwandten? Das

*ist doch eindeutig zu viel verlangt von einem Menschen!" Ich
spürte, wie Hannes tief Luft holte.*

*„Ob das überhaupt jemand kann?" fragte er nachdenklich,
„Es gibt sicher nicht viele Christen, die das wirklich können."*

*„Und du? Kannst du es?" fragte ich. Und als er nicht
antwortete: „Sind wir Juden auch deine Feinde? Bin ich dein
Feind, Hannes?" Da lachte er nur:*

*„Auf was für Gedanken du kommst!" und schlug mir auf die
Schulter. Ich wünschte mir, das sollte „Kumpel" heißen – das
ist doch das deutsche Wort dafür?*

Martin nickte.
„Ich glaube nicht, dass er Sie als seinen Feind ansah."

*Ich auch nicht. Aber genau genommen habe ich es nie
erfahren. Auch über Christen und Juden haben wir nie wieder
gesprochen. Wir sprachen überhaupt nur das Nötigste
miteinander. Er konnte sich ja nicht lange bei mir aufhalten
ohne einen Verdacht zu erregen.*

*Immerhin verriet er mir, ich glaube nach zwei Wochen oder
etwas mehr, dass er Vater würde. Er war sehr glücklich
darüber. Aber kaum hatte er es ausgesprochen, ging er auch
schon wieder. Bis zum Weg hastete er immer. Dann ging er
unauffällig weiter, als sei er von weiter weg gekommen. Die
Lage des Häuschens nicht weit von einem Feldweg zu einem
der Nachbardörfer, von wo er gelegentlich Tagelöhner
beschäftigte, erforderte zwar die Vermeidung jeglichen Lärms.
Doch für ihn war es nicht allzu schwer, so zu tun, als habe er
Tagelöhner gesucht, falls ihm doch einmal jemand begegnen
sollte.*

*Meist war er in Eile, wenn er kam, steckte mir das Nötige
zu, sah sich vorsichtig nach allen Seiten um und verschwand
wieder. Es musste ja auch bei ihm zuhause alles heimlich
gehen. Nicht nur das Essen, das er mir brachte, musste er
unauffällig wegnehmen, - auch seine Zeit. Es war eigentlich
abzusehen, dass seine Frau eines Tages misstrauisch werden
würde - oder auch seine Mutter. Und in der Tat kam er eines
Abends ganz anders angeschlichen als sonst. Er ging gebeugt,*

als trage er eine schwere Last. Und er führte doch nichts bei sich als die paar Lebensmittel wie alle Abende.

„Was hast du?" fragte ich ihn. So kannte ich ihn nicht.

„Meine Frau", antwortete er niedergeschlagen, „Ilse hat etwas bemerkt. Gestern Abend empfing sie mich mit verheulten Augen, wollte erst nicht mit der Sprache heraus. Aber dann konnte sie sich doch nicht mehr zurückhalten. Wer sie sei, wollte sie wissen. Ich kapierte erst nicht, fragte, wer. Das nahm sie mir anscheinend erst recht übel. Ich brauche nicht zu tun, als ob ich das alles hinter ihrem Rücken treiben könne, meinte sie und weinte. Und auf einmal fiel der Groschen auch bei mir. Eine Geliebte! Wie anders sollte sie mein gelegentliches Verschwinden anders verstehen? Ach so, sagte ich und musste lachen in diesem Augenblick trotz der vertrackten Situation. Was sie natürlich nicht verstand und erst recht zu heulen anfing.

Dummchen, sagte ich, Wie kannst du an meiner Treue zweifeln?"

Er sprach nicht weiter, barg verzweifelt das Gesicht in seinen Händen. Meine Knie zitterten

„Da hast du es ihr also gesagt", folgerte ich niedergeschlagen und sagte: „Schon gut. Ich gehe. Ich stelle mich oder versuche mich irgendwie und irgendwohin durchzuschlagen" Er packte mich am Arm und schüttelte mich.

„Sie weiß es jetzt. Ich habe ihr alles gesagt. Ich konnte nicht anders, verstehst du?"

Klar verstand ich. Wahrscheinlich hätte auch ich mich für meine Frau entschieden, wenn meine Ehe auf dem Spiel gestanden hätte und mir nur die Wahl geblieben wäre zwischen meiner Frau und einem Fremden zu entscheiden.

„Und nun?" stöhnte ich.

„Du musst bleiben", sagte er, „Sie denkt wie ich. Ihr ist es ebenso wichtig wie mir. Und sie wird ebenso schweigen wie ich. Aber trotzdem ...." Er holte tief Luft wie einer, dem es schwer fällt, weiter zu sprechen.

„Hier kannst du nicht bleiben", sagte er endlich. Ich pfiff leise durch die Zähne. Das war auch mir klar, nicht erst seit jetzt. Einen strengen Winter zu überstehen wäre in dem engen,

nicht heizbaren Loch wohl kaum möglich gewesen. Jetzt schon wurde es in den immer länger werdenden Nächten empfindlich kalt. Zum Glück waren wenigstens die Tage noch hell und warm, ein herrlicher Spätsommer. Aber was nützte mir auf die Dauer der schönste Sonnenschein, wenn ich mich ängstlich vor fremden Blicken verbergen musste?

„Weiß ich auch", sagte ich, „Aber wohin?"

„Lass mich das machen", erwiderte er. Und ich wartete mit wachsender Ungeduld.

„Du wirst Augen machen", sagte er, als wir uns nach einigen Tagen gegen zwei Uhr nachts dem Dorf näherten. Es war stockfinster, kaum dass man die Hand vor den Augen sehen konnte. Und still war es. Hannes hatte die Zeit sorgfältig gewählt: nicht zu früh, so dass wir damit rechnen konnten, dass alle im Dorf schliefen, aber auch noch früh genug, um nicht durch das Erscheinen feindlicher Flugzeuge gestört zu werden, die meist gegen Morgen über das Dorf hinwegdröhnten und die Menschen in den Kellern Schutz suchen ließen. Zwar war hier bisher nie etwas passiert Aber es brauchten nur ein paar eigene Jäger die Bomber in ein Gefecht zu verwickeln; dann konnten die Folgen auch in ländlichen Gegenden verheerend sein.

Wir huschten in die alte Scheune, die an den Stall anstoßend am Rande des Hofes zum Wald hin lag. Stroh lag überall am Boden und dämpfte unsere Schritte.

„Wie gut, dass meine Großmutter mir das alles so genau erzählte von dem geheimnisvollen Böhmen", sagte er, als er mich zu dem gestapelten Stroh zog und einen der Ballen zur Seite zog, „Was sagst du jetzt?"

Zunächst war ich sprachlos, konnte kaum etwas erkennen. Hannes packte mich am Arm und führte mich eine ziemlich hohe Stufe hinab, so dass wir aufrecht stehen konnten. Dann griff er zur Seite und drehte mit sicherer Hand einen jetzt neben ihm liegenden Strohballen um, so dass wir uns aufrichten konnten ohne irgendwo anzustoßen. Ich sah noch immer nichts. Hannes werkelte an einem zweiten Strohballen herum, so dass dieser hinter uns zu stehen kam. Dann leuchtete er mit einer Taschenlampe den Hohlraum aus. Ich kam mir vor wie im Märchen: Hannes hatte unter der Strohlast, die er mit schweren

Bohlen abgestützt hatte, so etwas wie eine Stube eingerichtet: ein Strohballen als Bett und sogar so etwas wie einen kleinen Tisch und einen weiteren Strohballen, auf dem ich meine wenigen Habseligkeiten ausbreiten konnte. Ich fiel ihm um den Hals vor Freude und Dank. Sogar an eine Art Lüftung hatte Hannes gedacht.

„Der Böhm hat es 1848/49 in so einer Strohbude ein halbes Jahr ausgehalten", sagte er, „Da wirst du es auch hier aushalten können, bis der Spuk vorbei ist."

Der Spuk! Wir hätten es damals nicht für möglich gehalten, dass dieser vermeintliche Spuk noch anderthalb Jahre dauern würde. Wir waren so sicher, spätestens bis zum Ende des Winters sei der Krieg beendet und der Naziherrschaft ein Ende bereitet.

Die Zeit schien sich mir endlos zu dehnen, gefangen, ohne Licht und zur Untätigkeit verdammt. Warm war es zwar. Aber das war auch so ziemlich alles, auch wenn ich allein oder mit Hannes zusammen immer wieder kleine Verbesserungen an meinem Zwangsdomizil anbrachte, zuletzt sogar so etwas wie einen Spalt, der wenigstens für ein paar Stunden einen winzigen Schimmer Tageslicht hereinließ, zumindest dann, wenn die Sonne schien. Dann nützte ich die Zeit, um aus einem Lehrbuch meiner Mutter, das Hannes aus dem Schutt unseres zum Plündern freigegebenen Hauses hatte retten können, meine Englischkenntnisse zu verbessern. Wer weiß, wozu ich das hinterher vielleicht noch einmal brauchen kann, sagte ich mir.

Die einzige Zeit, in der ich mich ein paar Meter weit vor die Scheune und gelegentlich sogar bis ins Wohnhaus wagte, war der Sonntagmorgen. Die Schneebergsweilerer waren ja als gute Katholiken streng darauf bedacht, die Gesetze ihrer Kirche treu zu erfüllen. Sie sahen es als Ehrensache an, am Sonntag ins Kirchdorf im Tal zu gehen. Selbst die kleinen Kinder nahmen sie dazu mit, die Jüngsten im Kinderwagen. Nur die ganz Alten, die eh nicht mehr aus ihren Stübchen oder gar nicht einmal mehr aus ihren Betten herauskamen, blieben zurück. Die „Evakuierten" pflegten am Sonntagmorgen mit Kind und Kegel das Dorf zu verlassen, sei es zu Parteiveranstaltungen oder zu irgendwelchen Verwandtenbesuchen. Das konnte man in den

Morgenstunden am ersten wagen; denn die Flugzeuge kamen so gut wie nie um diese Zeit.

Hannes beobachtete alles sehr genau. Das fiel in dem Dorf, wo jeder jeden kannte und jeder auf jeden mehr oder weniger aufpasste, nicht weiter auf. Sehr bald schon hatten wir gemeinsam ein Signal ausgeklügelt, das Hannes auslöste, wenn der oder die Letzte das Dorf verlassen hatte. Dann genehmigte ich mir, hinter der Scheune, dem Waldrand zu, und außerhalb des Gesichtskreises auch der letzten Alten, hinter einem dichten Gestrüpp mir ein wenig die Füße zu vertreten und dann und wann auch einmal ins Haus zu huschen, vor allem im Winter, um mich zu wärmen und ganz leise ein wenig Radio, vor allem britische oder amerikanische Sender zu hören.

Es klappte zwar nicht immer. Manchmal war es Hannes einfach nicht möglich, als Letzter zu gehen. Das wäre auf die Dauer natürlich auch aufgefallen. Oder aber die Evakuierten blieben aus irgendeinem Grunde zu Hause. Dann hieß es für mich, eine weitere Woche zu warten. Mehr als einmal war ich nahe daran, alles aufzugeben und heraus zu kommen. Was das heißt, Tag für Tag allein in Dunkel und Untätigkeit zu verbringen, das kann sich keiner vorstellen, der es nicht selbst erlebte. Manchmal, wenn nachts die Flugzeuge über uns dröhnten, wünschte ich mir, eine Bombe würde auf die Scheune fallen und mich und die ganze Stube auslöschen. Und manchmal dachte ich daran, einfach am Sonntagmorgen draußen zu bleiben und mich irgendwohin zu begeben, wo mich die Häscher sicher finden würden. Aber schließlich wagte ich es doch nicht, auf diese Weise meinem Leben selbst ein Ende zu setzen; denn zu tief steckte die religiöse Erziehung meines Elternhauses in mir, die solches verbot. Vor allem aber war es schließlich der Gedanke an Hannes und seine Familie, der mich davon abhielt; denn auf dem Verbergen eines Juden stand die Todesstrafe.

Hannes besuchte mich, so oft er konnte. Einige Male brachte er mir Zeitungen mit. Wenigstens die Schlagzeilen konnte ich bei der kümmerlichen Beleuchtung erkennen. So wusste ich, dass zwar langsam, aber sicher von Ostern die Russen heranrückten und seit Sommer 1944 auch die

Amerikaner im Westen. Damals habe ich erlebt, was eine noch so vage Hoffnung zu leisten vermag.

Seit seine Frau wusste, wohin er ging, hatte sie auch nichts gegen seine Besuche, packte sogar selbst das Essen ein und sorgte dafür, dass dieses wenn auch nicht richtig koscher, so doch ohne Schweinefleisch und Speck zubereitet war. Inzwischen war dann auch ein Sohn geboren worden, freudig begrüßt als Hoferben, wie das in Bauernhäusern so üblich ist.

Indessen ging der Krieg, den inzwischen die Partei und die ihr Ergebenen als den totalen bezeichneten, mit wachsenden Schrecken weiter. Immer mehr Städte wurden bombardiert. Und sogar in meinem strohisolierten Gehäuse war immer häufiger nachts nicht nur das Dröhnen der Flugzeuge zu hören, sondern auch das Vibrieren der Erde zu spüren von den Einschlägen der Bomben, die immer häufiger und näher niedergingen. Dieses Beben der Erde nahm seit Beginn des Jahres 1945 zu. Und irgendwann war es nicht mehr zu unterscheiden, ob Bomben oder Granaten die Ursache waren; denn nun rückte auch von Westen her die Front immer näher und immer häufiger erschienen in den Wehrmachtsberichten deutsche Namen.

Und dann, im letzten Kriegswinter, immer häufiger vor allem tagsüber dieses wütende Gebelle der Bordkanonen der überschallschnellen kleinen neuen Flugzeugtypen, der Jabos, wie Hannes mir erklärte. Fürchterliche Waffen, die vor allem die ländliche Zivilbevölkerung attackierten. Kaum jemand wagte sich noch aus dem schützenden Häuserschatten des Dorfes hinaus.

So lange der Schnee lag, konnte man sich noch einigermaßen tarnen, wenn man etwa ins Tal zum Bürgermeisteramt oder zum Einkaufen musste. Man warf sich einfach ein weißes Laken über, wenn man nach draußen ging. Aber schließlich schmolz auch dieser Schnee, die Erde taute auf und es wurde Zeit für die Frühjahrsbestellung. So regelrecht verzweifelt hatte ich Hannes noch nie erlebt.

„Was wollen wir denn machen? Es ist doch Saatzeit jetzt. Wir müssen doch hinaus", jammerte er. Auch ich verspürte plötzlich eine mir bis dahin ganz unbekannte Angst. Es war

vielleicht eine Vorahnung dessen, was ein paar Tage später geschah.

Hannes' Mutter hatte schon immer ihren eigenen Kopf. Insgeheim bewunderte ich die Schwiegertochter, wie die junge Frau es mit der Alten aushielt. Jedenfalls hörte ich nie weder von ihr, die sich auch gelegentlich bei mir blicken ließ, noch von Hannes selbst je ein Stöhnen oder Jammern über diese.

In diesen Tagen hatte sie Lust auf Feldsalat. Obwohl Ilse im Garten ein ganzes Beet ausgesät hatte, das jetzt erntereif war, bestand die Alte darauf, wilde Rapunzel von den Feldern zum Abendessen zu holen. Der sei doch viel zarter als der aus dem Garten. Also machte sie sich fertig, welchen zu suchen und forderte auch Ilse auf, mit zu kommen. Die wagte nicht, ihr zu widersprechen, obgleich sie große Angst vor den „Jabos" hatte. Sie wisse gute Plätze in einem Acker mit vielen Bäumen, beruhigte die Alte sie; dort sei man doch ziemlich sicher.

Mag sein, dass sie Recht hatte, was den Acker selbst betraf. Aber leider führte der Weg dorthin ein kurzes Stück durch freies Gelände. Ehe die beiden Frauen noch ihr eigentliches Ziel erreichen konnten, hatten die Bordschützen sie schon erspäht. Sie warfen sich zwar augenblicklich flach auf die Erde als eine von ihnen die dunklen Schatten am Himmel wahrnahm; aber es war zu spät. Kurzum: Von den beiden Frauen fand man am Abend nur die zerfetzten Leichen, schrecklich zugerichtet. Sie müssen sofort tot gewesen sein.

Hannes war untröstlich, fühlte sich völlig von Gott verlassen und war kaum zu bewegen, zur Totenmesse zu gehen. Am Abend, als es schon fast dunkel war, fand die Beerdigung statt. Am Tage wagte sich niemand mehr zu größeren Menschenansammlungen zu gehen.

Ich war am Ende meiner Geduld, sah Hannes leiden und keine Möglichkeit, ihm irgendwie zu helfen – im Gegenteil: mich zu versorgen war nur noch eine zusätzliche Belastung für ihn. Ich sah keinen Hoffnungsschimmer mehr, die kommenden Wochen zu überleben und nur noch die Möglichkeit, alles aufzugeben. Hannes beschwor mich, nur ja auszuhalten. „Lange kann es nicht mehr dauern", versicherte er mir, „Die Westfront verläuft doch längst in Deutschland selbst. Es kann sich nur noch um Tage, vielleicht nur um Stunden handeln, bis sie auch in Schneebergsweiler eintreffen. Den Westgrenze unseres Kreises haben sie schon überschritten. Die meisten der Bonzen haben sich über den Rhein abgesetzt." Er stockte, bevor er niedergeschlagen fortfuhr: „Die andern, die noch da sind, sind allerdings um so gefährlicher. Wollen auf Biegen und Brechen doch noch den Krieg gewinnen. Sie sollen sogar fünfzehnjährige Jungen, die sich vor Angst im Keller verkrochen statt ihren Ort zu verteidigen, vor den Augen ihrer Mütter für alle Leute sichtbar aufgehängt haben."

Er spürte wohl meinen Entschluss, wegzulaufen, auf welche Weise und wohin auch immer. In dieser Nacht blieb er einfach bei mir und wich mir nicht von der Seite. Ließ Klara und das Kind allein. Es war mir unmöglich, ihn abzuwimmeln. Erst am Morgen, als es mir nicht mehr möglich gewesen wäre, mich zu entfernen ohne ihn zu gefährden, ging er. Bald darauf erschien er erneut, aber mit einer extra großen Portion an Lebensmitteln und Getränken.

„Sie sind schon unten im Tal", keuchte er, „Bald wird alles vorbei sein. Die ganze Straße zu uns herauf ist allerdings noch voll von deutschen Soldaten, die ostwärts strömen. Es heißt, am Rhein solle eine neue Verteidigungslinie aufgebaut werden. Solch ein Unsinn! Als ob so ein kleiner Fluss heute noch eine Kriegsmaschine aufhalten könnte! Bleib du jetzt hier und verhalte dich ganz still. Las dich nicht im letzten Augenblick noch entdecken! Wenn alles vorüber ist, hole ich dich sofort. Nicht eher. So lange musst du dich noch gedulden. Versprich es mir!" Damit war er weg.

Aber ich war das Warten leid. Ich wusste: das Ende naht, so oder so. Die ganze Erde vibrierte nicht nur, sie bebte bis in meinen Verschlag hinein, so dass ich fürchtete, das ganze Strohgebäude über mir werde zusammenbrechen und mich unter sich begraben. Das waren die deutschen Truppen, die bisher unten im Tal oder auch in der hügeligen Gegend weiter westlich einquartiert gewesen waren und nun am Haus vorbei zum Rhein drängten. Ob mein Versteck mich jetzt noch wirklich retten konnte, war mir sehr die Frage. Es waren berittene Einheiten dabei; das hörte ich am Geklapper. Und Pferde brauchen Stroh. Und Stroh wird nun einmal in Scheunen gelagert. Soviel weiß jedes kleine Kind. Soldaten im Krieg und wenn es um Leben oder Tod geht, fragen nicht lange. Wenn sie einfach hier einbrechen und anfangen, das Stroh auszuräumen, müssen sie mich ja irgendwann finden. Dann geht es auch Hannes an den Kragen, wusste ich.

Meine Nerven waren zum Zerreißen angespannt. Und als endlich diese unheimliche Stille eintrat, die dem Abzug der letzten deutschen Einheiten folgte, da hielt ich es nicht mehr aus. Ich wusste, dass ihm jetzt nichts mehr geschehen konnte, vertraute auf meine Englischkenntnisse, die in jener Zeit und in dieser Gegend noch einen gewissen Seltenheitswert besaßen und lief einfach mitten am Tag auf Gedeih und Verderb aus der Scheune hinaus auf die Amerikaner zu ohne Hannes etwas davon zu erzählen ...

Was ,ich dabei dachte, falls ich überhaupt an etwas dachte, weiß ich nicht. Ob ich für das Dorf ein Zeichen der Ergebung sein wollte oder nur selbst endlich die Luft der Freiheit atmen oder was immer: ich rannte einfach los. Ich weiß, das ist schwer zu begreifen. Ich begriff es ja selbst nicht. Es gibt Zeiten und Stunden, da ist man keines klaren Gedankens mehr fähig. Aber das versteht nur, wer diese Hölle selbst durchschritten hat. Ich konnte ja nicht ahnen, was danach noch geschah, glaubte Hannes und das Kind, das Einzige, was ihm außer der Schwester noch geblieben war, in Sicherheit.

Plötzlich wurde sein ganzer Körper von einem trockenen Schluchzen geschüttelt. Erschrocken schlang die Frau die Arme um ihn.

„Ach, die alten Geschichten!" sagte sie, „Kannst du sie denn nie vergessen?"

„Das sagst du heute noch", fuhr er sie an, „Wo hier der Enkel meines Lebensretters sitzt?"

„Es ist doch alles schließlich gut gegangen", tröstete sie ihn auf Englisch, so dass es auch Martin und Helga verstanden.

„Er lebt noch", erklärte Renate der Frau.

„Aber ich wusste es nicht", schrie er fast, „Habe nie mehr etwas von ihm erfahren! Und er nicht von mir."

„Jetzt weißt du es!" versuchte es noch einmal die Frau, „Freu dich doch!"

„Und er wird es auch erfahren", versicherte Martin mit großer Entschiedenheit, „Noch heute werde ich ihn anrufen."

Daniel Rosenblatt fasste sich an den Kopf.

„Natürlich!" schrie er fast, „An das Nächstliegende denkt man oft zuletzt." Und zu Martin gewandt, fast flehend: „Kommen Sie! Rufen Sie ihn an. Jetzt gleich!" Stand auf, ging zum Telefon und winkte Martin, ihm zu folgen.

9.

Velten Backes saß in seinem Sessel am Fenster wie an jedem Tag. Viel gab es zwar nicht zu sehen auf der Straße, aber was blieb ihm sonst übrig? Arbeiten konnte er schon lange nicht mehr. Ein Bauer ist in der Regel früh verbraucht. Und ihm selbst hatte neben dem Schuften auf dem Hof auch der Krieg ganz schön zugesetzt. Mit zerschossenen Beinen, in denen noch immer die Splitter steckten, war er im Januar fünfundvierzig als Verwundeter aus dem Krieg nach Haus gekommen. Länger als sein halbes Leben lang trug er an dessen Folgen, die verlorenen Jahre davor nicht mitgerechnet.

Längst standen von seinem Bauernhof nur noch die Gebäude. Stall und Scheune wurden seit Jahren nicht mehr gebraucht. Nur noch allerlei unnützer Krempel lagerte darin, Zeug, das wegzuwerfen einem gegen die Natur ging, das aber keiner mehr brauchte oder brauchen wollte. Er war einer von den Vielen, die aufgegeben hatten. Nur noch drei Selbstständige waren übriggeblieben von einem ganzen Dorf voller Bauern. Die Meisten waren in andere Berufe übergewechselt. Wenns hoch kam, betrieben sie noch einen Nebenerwerbsbetrieb, wie sie das seit ein paar Jahren nannten. Er hatte damit gar nicht erst angefangen. Wenn kein Erbe da ist, hatte er damals gesagt, für wen soll man da noch weitermachen? Nun versuchten er und seine Hedwig, die im Augenblick in der Küche hantierte, sich die letzten Jahre noch so erträglich wie möglich zu gestalten.

Er schrak auf von einem heftigen Klopfen an der Zimmertür. Er hatte gar nicht bemerkt, dass jemand das Haus betreten hatte. Er musste durch den Hintereingang gekommen sein. Ein Einheimischer also.

„Herein!"

Den jungen Burschen, der da hereinstürmte, erkannte er nicht sofort. Die wachsen einem alle aus den Augen, dachte er, nun sind schon die Enkel derer, die mit mir jung waren, erwachsen. Es sind nicht mehr viele übrig in meinem Alter. Er stutzte.

„Christoph?" fragte er zögernd. Er hatte den langen Kerl schon eine ganze Weile nicht mehr gesehen. Wahrscheinlich studierte er irgendwo wie viele der jungen Leute heutzutage.

„Richtig. Christoph Karger."

„Hab ich dich also doch erkannt", stellte Velten mit leichtem Stolz fest, „Was ist los? Was hast du auf dem Herzen? Nur so zum Spaß geht doch einer wie du nicht zu so einem alten Knacker wie ich."

Einen Augenblick druckste Christoph an einem Anfang herum. Er konnte sich nicht erinnern, wann er zum letzten Mal das Backes-Haus betreten hatte. Es lag am entgegengesetzen Ende des Dorfes in der Nähe des zerfallenen Gemäuers, das die Alten noch immer „Hirtenhaus" nannten, obgleich es seit Generationen keine Hirten mehr in Schneebergsweiler gab. Schließlich griff er sich einen Stuhl und zog ihn zu dem Alten heran.

„Es geht um meinen Opa. Sie kannten ihn doch ..."

„Kannten?" erschrak Velten, „Soll das heißen: er ist tot?"

„Nein. Das nicht. Noch nicht. Aber ich meine: Sie kannten ihn doch, als er noch ein Kind war. Bevor das mit seinem Bein passierte. Er sei immer ein lustiger Junge gewesen, erzählte mir Tante Jettchen einmal. Sogar hinterher noch. Sie kennen doch Tante Jettchen, seine Schwester?"

Velten Backes nickte.

„Ei freilich! Die ganzen Karger-Kinder. Der Hannes, das war ein ganz Gewitzter. Dem saß immer den Schalk im Nacken. Auch später noch, als er schon aus der Schule war."

„Auch nach dem Unfall noch?" staunte Christoph.

„Was meinst du denn, wie der sonst seine Frau gefunden hätte? Der hatte es doch so eilig damit, war gerade erst zwanzig, als ers zum ersten Mal wagte. Und dabei wär' es gar nicht einmal nötig gewesen. Dein Onkel Walter, der jetzt in Heidelberg Professor ist, kam erst ein gutes Jahr später zur Welt."

„Aber dann wissen Sie doch auch ..." versuchte Christoph noch einmal, zum Eigentlichen seines Besuchs zurück zu kommen.

„Du meinst, wieso er so anders wurde. Das ist schwer zu sagen."

„Irgendetwas muss doch geschehen sein!" schrie Christoph fast, „Etwas sehr Schlimmes, das ihn so verändert hat. Weder er noch mein Vater noch sonst irgendjemand hat je mit mir darüber gesprochen. Und jetzt ..."

„Was jetzt?"

„Es wird immer schlimmer mit ihm. Er kann ja kaum noch aus dem Bett. Dort schreit und stöhnt er den ganzen Tag und fuchtelt mit den Armen, als suche er etwas oder wolle irgendwohin. Dabei ist er so schwach, dass er nicht einmal mehr richtig schlucken kann, wenn wir ihm etwas zu essen oder zu trinken geben. Der Doktor meint, da muss etwas in seinem Leben passiert sein, etwas Schlimmes, das ihm keine Ruhe lässt."

„Etwas Schlimmes?" Der Alte schüttelte den Kopf. „Viel Schlimmes ist passiert. Wir alle haben Schlimmes erlebt im Krieg oder danach. Aber keiner von uns ist verrückt geworden ..." Er schien nachzudenken.

„Nun ja. Deinen Großvater hat es auch ganz besonders hart erwischt. Gleich 1940 der Tod seines Vaters. Na gut, sie kriegten dann einen Kriegsgefangen. Das war immerhin etwas. Erst einen Franzosen und später dann den Ukrainer. Aber immer der Ärger mit den Kontrollen. Von wegen Schwarzschlachten und so. Oder gegen Ende des Krieges die Einquartierungen – gut, das hatten wir alle. Aber dann der Ärger mit dem Ortsbauernführer wegen des Kriegsgefangen, den er mit an seinem Tisch essen ließ, obwohl das streng verboten war. Der Louis, ich meine: der Ortsbauernführer, der hatte sich im Lauf der Jahre auch um hundertachtzig Grad gedreht, war jetzt so ein strammer Nazi wie die Evakuierten. Der hätte ihn am liebsten ins Kittchen gebracht, womöglich gar in ein KZ. Zum Glück bekam er genau an dem Tag seine eigene Einberufung zum Volkssturm – ein Mann von bald sechzig Jahren, stell dir vor! – Da hatte er wahrhaftig andere Gedanken im Kopf. Und für deinen Großvater dann die Sache mit seiner Mutter und seiner ersten Frau."

„Welche Sache?"

„Die haben doch die Jabos erschossen beim Feldsalat-Suchen. Weißt du das nicht? Deine Mutter pflegt doch heute noch ihr Grab auf dem Friedhof."

„Was kümmern mich die alten Gräber auf dem Friedhof?" sagte Christoph wegwerfend, „Das ist Frauensache."

„Weißt du das wirklich nicht? Zwei Jahre später hat er dann ihre Schwester geheiratet und noch zwei oder drei Kinder mit ihr zusammen bekommen; so genau weiß ich das auch nicht mehr. Die hats nicht leicht gehabt mit ihm, deine Großmutter."

„Auch heute nicht. Sein Schreien und Stöhnen geht ihr auf die Nerven. Ich glaube, das ist ihre ganze Krankheit. Sie hälts nicht mehr aus. Der Doktor sagt, es ist noch nicht sicher, wer von den Beiden zuerst dran kommt ..." Er rutschte unruhig auf seinem Stuhl hin und her.

„Aber damals", drängelte er, „Wie ging das denn weiter?"

„Den Rest muss ihm die Sache mit der Scheune gegeben haben. Das hat er offenbar nicht mehr verkraftet nach all dem andern. Weiß einer, warum. Bis dahin hatte er noch alles mit Fassung ertragen. Aber den Verstand hat er wahrscheinlich verloren, als die Scheune abbrannte ..."

„Welche Scheune?"

„Weißt du das denn auch nicht?" Christoph zuckte verlegen die Schultern.

„Keine Ahnung. Davon hat auch mein Vater mir nie etwas erzählt."

„Kann er auch nicht wissen. Wer sollte es ihm denn sagen, wenn nicht dein Opa selbst? Deine Großmutter war zwar eine Schwester seiner ersten Frau. Aber was in den letzten Kriegstagen hier passiert ist, das hat sie in Klein-Heckersdorf gar nicht mitgekriegt.

Als er sie heiratete, da hatte er schon die neue Scheune gebaut. Ist mir heut noch ein Rätsel, wie er das schaffte damals. Wo es doch so gut wie nichts zu kaufen gab. Sozusagen ganz allein baute er sie wieder auf. Nur beim Dach hat er einen Zimmermann gebraucht. Wir haben uns alle gewundert, wie er das schaffte. Von der alten Scheune durfte keiner reden. Da wurde er fuchsteufelswild, wenn einer damit anfing. Mit seinen eigenen Händen und ganz allein hat er die Trümmer beiseite geräumt und die alten Fundamente so weit hergerichtet, dass er sie für die neue gebrauchen konnte. Er ganz allein. Ließ keinen aus dem Dorf auch nur einen einzigen Schlag daran tun.

Und du weißt doch, dass es Ehrensache für jeden bei uns ist, einem zu helfen, der ein Haus oder auch nur eine Scheune oder einen Stall baut. Aber dein Großvater – nein, der ließ keinen auch nur einen Handschlag tun, wenigstens zu Anfang nicht. Nachher, als die Mauern schon aus der Erde herausgewachsen waren, da nahm er schon einmal einen Maurer unten aus dem Tal oder ließ einen Nachbarn ein klein bisschen anpacken. Und natürlich zuletzt dann die Dachdecker. Da musste halt doch ein Fachmann ran. Aber der Untergrund – da war er eisern. Baute erst einmal einen richtigen Bretterzaun um die Trümmer ..." Er lachte.

„Völlig unsinnig. Das hatte es noch nie gegeben bei uns. Alle im Dorf sagten: Der ist verrückt geworden. Wie ein Wilder wühlte er in der Erde. Als suche er verzweifelt nach etwas. Einem vergrabenen Schatz vielleicht. Aber große Schätze hatten doch die Kargers nicht, obwohl ihre Vorfahren einmal reich gewesen waren. Die Buben machten sich einen Spaß und versuchten, durch die Ritzen im Bauzaun zu lugen. Wehe, wenn er einen dabei erwischte!"

„Ich verstehe gar nichts mehr", sagte Christoph verwirrt, „Es muss wirklich etwas Besonderes gewesen sein mit diesem Brand. Sie haben mir so viel davon erzählt. Und der Großvater faselt jetzt anscheinend auch immer davon. Aber wie passierte das denn richtig und wann?"

„Genau haben wir das nie herausbekommen. Es war in den letzten Kriegstagen. Wir hatten uns gerade eingebildet, nach dem schrecklichen Hin und Her der letzten Woche sei nun endlich wirklich alles für uns vorbei. Sah ja auch so aus. Die letzten Deutschen hatten wirklich das Dorf verlassen und sich in den großen Wald verzogen. Aber auf den Höhen ringsum lagen immer noch einige kleine Einheiten von Unsern und von den Amis einander gegenüber. Ein paar Tage ging es hin und her. Einmal zogen sich die einen zurück und dann die andern. Ein ganz schön mulmiges Gefühl, kann ich dir sagen. Wir lagen genau zwischen den Fronten. Und wir hier auf unserer Höhe sozusagen gerade auf dem Präsentierteller. Du weißt ja: von überall her sieht man unser Dorf.

Schließlich schien es dann doch ruhig zu sein. Du darfst dir die Front nicht wie eine feste, geschlossene Linie vorstellen, wenigstens damals nicht. Die haben uns übersehen, meinte jemand. Sind an uns vorbeigezogen.

„Jetzt kommen mit Sicherheit keine Jabos mehr", sagte dein Großvater. Es sei doch eine Sünde, dies herrliche Wetter nicht zum Säen zu nutzen, entschied er und fuhr aufs Feld. Er war wahrscheinlich gerade erst dort angekommen, da sah er Rauch und Flammen über Schneebergsweiler und wusste offenbar sofort, dass es seine eigene Scheune getroffen haben müsste. Er band das eine Pferd von der Sämaschine los und schwang sich trotz seiner Behinderung ohne Sattel auf das andere und ritt ins Dorf zurück. Dabei schrie er, wie ein Mensch nur schreien kann. Mir läufts noch heute über den Rücken, wenn ich daran denke." Er pustete erschöpft vor sich hin.

„Und wodurch ist die Scheune abgebrannt?"

„Das weiß ich so wenig wie du. Wir hörten nur das dumpfe Getöse eines Einschlags. Das ganze Dorf bebte davon. Und im selben Augenblick stand auch schon das Gebäude in hellen Flammen. Aber was es war, eine Granate oder eine Bombe – und wenn, ob nur eine Spreng- oder auch noch eine oder mehrere von diesen Brandbomben – das haben wir nie erfahren. Wir rasten mit allen verfügbaren Eimern los und versuchten, das Feuer zu löschen; denn auf die Hilfe der Feuerwehr aus dem Tal zu warten, wäre aussichtslos gewesen in dieser Situation zwischen den Fronten. So bildeten wir eine Eimerkette. wie man uns das in den Luftschutzkursen, die wir alle gezwungenermaßen hatten besuchen müssen, beigebracht hatte. Ein Sisyphusgeschäft, wie du dir denken kannst. Kaum etwas brennt schneller als trockenes Stroh.

Und dann – als dein Großvater zurückkam – das kannst du dir nicht vorstellen. Sechs oder acht Leute oder noch mehr waren nötig, ihn zurück zu halten. Der war doch drauf und dran, sich selbst in die Flammen zu stürzen. Er tobte, wie ich noch nie einen Menschen toben sah. Er trieb alle weg, riss den Löschenden die Eimer aus der Hand und goss selber das

Wasser in die Flammen, als wolle er alles ganz alleine löschen. Und hinterher, als wirklich nur noch Rauch und Asche übrig waren, sahen wir ihn tagelang darin herumstochern. Wenn einer ihn ansprach, brüllte er ihn an oder schwieg."

„Und von da an war er dann so ... na ja, so wie er eben war?" fragte Christoph verwirrt.

„Wahrscheinlich – muss wohl so sein", antwortete der alte Mann nachdenklich, „Das war es wohl: von diesem Augenblick an."

„So etwas hätte man uns aber doch sagen müssen" knurrte Christoph vor sich hin.

„Wer denn? Wer sollte dir das denn erzählen?"

„Stimmt", sah Christoph ein, „Ich bin dreißig Jahre nach dem Krieg geboren – und auch mein Vater erst, als das alles vorbei war. Wer hätte tatsächlich darüber mit uns Kindern sprechen sollen außer meinem Großvater? Und gerade der schwieg am eisernsten."

„Und uns andere habt ihr Jungen nicht gefragt. Auch nicht, als ihr in der Schule über diese Dinge gesprochen habt."

„Über das Persönliche redete man vermutlich nicht."

„Oh, einige schon. Sogar unerträglich oft. Da gab es Männer, die immer wieder mit ihren Soldatenerlebnissen anfingen. Penetrant. Als brauchten sie diese Zeit als Beweis ihrer Wichtigkeit, als hätten sie da gezeigt, was in ihnen steckt – oder aber auch, als könnten sie durch immer neues Erzählen den Albtraum allmählich vertreiben, der über ihnen hing. Und vielleicht ging diese letzte Rechnung ja auch auf. Mit der Zeit wurden solche Erzählungen immer seltener ..."

„Vielleicht, weil es keinen mehr gab, der sie noch hören wollte?"

„Vielleicht wäre es besser gewesen", sann Velten Backes, „Ihr hättet auch einmal den Mund aufgemacht. Und nach dem gefragt, was wir verschwiegen. Damit wir hätten nachdenken müssen und uns nicht nur erinnern. Manchmal ist es eben leichter, zu vergessen oder zu verdrängen."

Verwirrt erhob sich Christoph.

„Bist du nun ein bisschen schlauer?" fragte der alte Mann. Christoph zögerte.

„Vielleicht", sagte er ausweichend. Als er die Türklinke schon in der Hand hielt, wandte er sich ihm nochmals zu:

„Da ist noch etwas. Das, weswegen ich ja eigentlich zu Ihnen kam: In den letzten Tagen ruft der Großvater immer wieder einen Namen, als quäle ihn der. Es klingt wie David. Aber keiner von uns kennt jemand, der so heißt. Können Sie sich denken, was es damit auf sich hat? Vielleicht ein Freund oder einer von den Evakuierten damals im Krieg? Wer könnte David sein?"

Velten Backes schüttelte energisch den Kopf.

„Weiß ich auch nicht. Es hat nie einen David in Schneebergsweiler gegeben!"

Doch dann stützte er die Arme in die Hüfte und schloss die Augen wie einer, der ganz konzentriert sich an etwas zu erinnern versucht, das ihm lange entfallen ist. Nach einer Weile, während der Christoph noch immer unschlüssig an der Tür stand, hob er zögernd an:

„Oder doch ... Warte mal! Da drüben, gleich hinter unserm Garten, da stand einmal ein Haus, besser gesagt: eine Hütte ... Es ist nichts mehr davon übrig außer dem kleinen Buckel neben der Straße. Aber ein paar von den Alten nennen die Stelle heute noch das Hirtenhaus. Da hat, als ich noch jung war, einmal eine jüdische Familie drin gelebt. Drei Kinder hatten die, wenn ich mich richtig erinnere, zwei Mädchen und einen Bub, war so an die zwanzig Jahre jünger als ich. So in dem Alter wie dein Großvater. Könnte sein, dass der Bub David hieß, klingt ja so jüdisch."

„Was ist denn aus denen geworden?" fragte Christoph aufgeregt.

„Was wird aus denen schon geworden sein?" gab der alte Backes abwehrend zurück,

„Werden umgekommen sein wie alle Juden. Als ich aus dem Krieg zurückkam, waren sie nicht mehr da ..."

„Und keiner wusste, wohin sie gekommen waren?" Erschrocken sah der alte Mann ihn an.

„Ehrlich gesagt, ich habe wahrscheinlich auch nicht danach gefragt damals ..." Er schlug die Hände vor die Augen, als schäme er sich.

„Heute weiß ich, dass ich das hätte tun müssen", setzte er leise hin zu.

Leise wollte Christoph die Tür schließen. Aber plötzlich hielt der alte Velten ihn zurück:

„Moment noch, Christoph!" Und nach kurzem Zögern: „Kannst du mir einen Gefallen tun?"

„Und welchen?" fragte Christoph verwundert.

Kannst du – oder deine Mutter – den Pfarrer bitten, zu mir zu kommen?"

„Den Pfarrer?"

„Ich kann ja nicht mehr ins Tal in meinem Alter. Aber ... ich möchte beichten."

10.

Als Christoph das Elternhaus betrat, schien alles unverändert. Die Mutter war noch nicht zurückgekommen, wie nicht anders zu erwarten. Der Weg zog sich zum Pfarrer im Tal und noch mehr auf dem mühsamen Rückweg. Drinnen in der Stube hatte derweil der Großvater schon wieder mit seinem Schreien begonnen.

„Die Scheune!" brüllte er – und dann: „Er verbrennt! So helft ihm doch!"

Das allerdings war neu. Der alte Velten hat Recht, dachte Christoph und spürte, wie eine Gänsehaut ihm den Rücken hinunterlief. Die Scheune! Der Brand! Aber was war es, das ihn daran so entsetzlich quälte?

Und wieder dieser Name David, den keiner kannte. Christoph stand wie versteinert im Flur, wagte nicht, das Zimmer zu betreten, in dem der Großvater mit dem Tod kämpfte und vielleicht mit etwas anderem, das womöglich noch schlimmer war. Draußen fuhr ein Auto vor. Zwei Türen wurden zugeschlagen. Im Flur ging das Telefon. Wie im Traum nahm Christoph den Hörer ab und meldete sich.

„Hier ist Martin aus Hamburg – dein Cousin" hörte er eine erregte Stimme.

„Grüß dich", sagte er mechanisch.

„Wie ..." Martin zögerte, „Wie geht's dem Opa?"

„Schlecht. Es kann stündlich zu Ende gehen mit ihm. Er quält sich sehr, ist furchtbar unruhig. Vielleicht hörst du ihn ja durchs Telefon schreien. Es dringt bis vors Haus."

„David!" dröhnte es aus dem Zimmer.

„Hörst du ihn?" fragte Christoph hilflos.

„Hör zu, Christoph!" unterbrach ihn Martin ungeduldig, „Lauf zu ihm und sag ihm, damit er ruhig sterben kann: Ich habe in Jerusalem David Rosenblatt kennen gelernt. Er sagt, Großvater habe ihm im Krieg das Leben gerettet."

„Wen? David? Sag das noch einmal!" schrie Christoph auf.

„Ja", brüllte Martin, obwohl die Verbindung besser nicht hätte sein können, „David Rosenblatt!"

andern Ende der Leitung David Rosenblatt sich meldete. Wie ein Wilder stürzte Christoph davon und riss die Tür zum Sterbezimmer auf.

„Opa! Der David, nach dem du rufst, ist das David Rosenblatt?"

Hannes Karger richtete sich auf.

„Wie kommst du auf den Namen?" fragte er mit weit aufgerissenen Augen wie einer, der aus einem langen, schweren Traum erwacht.

„Er lebt!" fiel ihm Christoph um den Hals, „In Jerusalem. Martin hat ihn getroffen. Er lebt und sagt, du hast ihm das Leben gerettet!"

„Das Leben ... gerettet ... Daniel Rosenblatt ..." keuchte der Alte und sank kraftlos in seine Kissen zurück.

„Ist das wahr?" fragte er lachend und weinend zugleich, „Daniel lebt!" Und ein Glanz trat in seine Augen, wie ihn keiner von denen, die um ihn waren, je an ihm gesehen hatte, ehe er sie langsam mit einem glücklichen Lächeln schloss..

„Vielleicht ist er noch am Apparat," sagte Christoph und lief zurück in den Flur, wo seine Mutter und der Pfarrer ihn verwundert ansahen. Er versuchte, das Telefon ans Krankenbett zu tragen. Aber die Schnur war zu kurz.

„Ist das der David,nach dem er immer ruft?" fragte Konrad ungläubig.

„Nun kann er ruhig sterben, glaube ich", sagte Christoph leise und ging zurück zum Telefon. Doch es blieb stumm.

„Er braucht Sie nicht mehr", sagte er leise zu dem Priester. Und nach einem kurzen Schweigen:

„Aber der alte Velten, der wartet auf Sie. Der möchte beichten. Und vielleicht noch jemand von den Alten, die den Krieg noch erlebten."

11.

Eine Weile schwieg Daniel Rosenblatt, nachdem er den Hörer zurückgelegt hatte, und rang mit sich, als wehre er sich dagegen, ein Geheimnis preiszugeben und als dränge eine andere Kraft in ihm ihn andererseits, gerade das zu tun.

Ich raste den Berg hinunter, erinnerte er sich dann weiter, *in einem unbeschreiblichen Glücksgefühl in mir: endlich frei! Endlich wieder ein Mensch unter Menschen sein zu dürfen, wenn auch unter fremden! Ich muss zu meiner Schande gestehen, dass mir in jenen Augenblicken all diejenigen nicht einfielen, die das nicht mehr erleben durften, weder meine Eltern noch meine Schwestern noch meine Freunde aus dem Untergrund. Jetzt, da die letzten Deutschen offenbar das Dorf verlassen hatten, fühlte ich nur das eine: dass das Leben vor mir lag. Endlich leben!*

Und dann, etwa zweihundert Meter unterhalb des Dorfes, sah ich sie: einen Trupp Soldaten in Tarnanzügen. Aber es waren nicht die erwarteten Amerikaner und keine Briten oder Franzosen, - es waren Deutsche! Vielleicht nur ein kleiner, versprengter Haufen. Aber immerhin: es war noch nicht vorbei. Instinktiv warf ich mich zu Boden. Und wie durch ein Wunder verbarg mich der Holunderbusch, an dem ich gerade vorbei rennen wollte und der in diesem Jahr außerordentlich früh ausgeschlagen hatte, vor ihren Blicken.

Reglos lag ich da. Nur meine Augen verfolgten sie. Ich wagte kaum zu atmen und wartete nur darauf, im nächsten Augenblick entdeckt oder von einem Geschoss getroffen zu werden. Aber nichts geschah. Vielleicht hatten sie selbst ja auch nichts anderes im Sinn als sich abzusetzen, ihre eigene Haut zu retten; ich weiß es nicht. Ich erinnere mich nur, dass ich bis zum Abend dort lag und dann, als es dunkel war, auf meinen durch die Jahre in meinem strohenen Gefängnis bewegungsungewohnt gewordenen Beinen weiterstolperte, irgendwohin. Ich wusste ja, dass gleich hinter dem Dorf und auch noch ein Stückchen talwärts der große Wald begann, in

dem man in normalen Zeiten stundenlang wandern kann ohne
einem einzigen Menschen zu begegnen. Auch jetzt, als ich ein
Versteck für die Nacht suchte, kam ich mir vor wie der einzige
Mensch auf der Welt.

Ich glaube nicht, dass ich in dieser Nacht viel geschlafen
habe, schon aus ganz natürlichen Gründen nicht. Zwar waren
diese Märztage schon wunderschön warm. Aber nachts wurde
es doch noch unangenehm frisch. Ich hatte ja keine Decke,
noch nicht einmal eine richtig warme Jacke dabei. Vor allem
das Gras war feucht und kalt und lud nicht gerade zum
Hinlegen ein. Gegen Morgen wagte ich mich wie ein Späher
zum Waldrand vor, etwa auf halber Höhe zwischen
Schneebergsweiler und dem Tal an einem der ganz wenigen
Punkte in der Nähe, von wo aus man das Dorf nicht sehen
konnte.

Aber jetzt sah ich etwas anderes: Panzer mit dem
unverkennbaren amerikanischen Stern. Ohne auch nur eine
Sekunde nachzudenken raste ich ihnen mit erhobenen Armen
entgegen. Aber die waren keineswegs so erfreut wie ich,
begrüßten mich erst einmal mit einer Salve aus ihren Rohren,
dass ich schon sicher war, nun habe doch noch mein letztes
Stündlein geschlagen und alle Entbehrungen und alle Angst der
letzten Jahre seien umsonst gewesen. Ich hörte ein Pfeifen auf
mich zukommen und spürte zugleich heftige Schmerzen im
ganzen Körper und war mir bewusst, dass sie mich getroffen
hatten; denn überall spürte ich das warme Blut, das aus vielen
Wunden drang. So laut ich konnte begann ich das SCHMA
ISRAEL, das allerheiligste Gebet, das wir Juden im Angesicht
des Todes beten.

Darüber muss ich ohnmächtig geworden sein; ich weiß
nicht, wie lange. Als ich wieder zu mir kam, befand ich mich in
der Enge eines dieser Stahlkolosse, wo mich ein junger GI, der
abwechselnd auf Hebräisch und auf Englisch auf mich
einredete, notdürftig verband. Durch den schmalen Sehschlitz
des fahrenden Ungetüms erblickte ich von weitem ein Dorf auf
dem Berg, bildete mir ein, es sei unser Schneebergsweiler,
obwohl wir doch aller Wahrscheinlichkeit nach schon ein
ganzes Stück weitergerollt sein mussten. Ich sah eine

Rauchsäule in den Himmels steigen und fühlte eine große Wehmut, ehe ich aus Neue in eine gnädige Ohnmacht fiel."

„Und danach kamen Sie nach Israel?" fragte Renate. Er lachte.

„ Wenn das so einfach gewesen wäre! Fragen Sie mich bitte nicht, wie viel Abenteuer und Kämpfe mich das noch gekostet hat. Die Sieger brachten zwar keine Juden mehr um. Aber haben wollten sie uns auch nicht. Keiner. Wenn nicht der jüdische Sergeant mich in ein Militärhospital gebracht hätte – ich weiß nicht, ob ich dann nicht zu guter Letzt hätte dran glauben müssen. Als ich erstaunlich rasch wieder genesen war, benutzten mich die Besatzer als Dolmetscher. Das war eine relativ angenehme Zeit, in der es mir wenigstens äußerlich gut ging. Ich hatte genug zu essen und zu trinken und eine für mich leicht zu bewältigende Arbeit. Doch auch diese musste ja einmal zu Ende gehen. Die Besatzung konnte nicht ewig dauern, obgleich sie länger währte, als ich zunächst erwartet hatte.

Ich begann mich zu fragen, wo ich hingehörte. Ich bin zwar in Deutschland aufgewachsen, war in deutscher Sprache und Kultur zu Hause. Aber ich spürte mehr und mehr, dass meine Heimat nach all den Schrecken nicht mehr Deutschland war. Vielleicht, wenn ich Ihren Großvater noch einmal hätte sehen und sprechen können, wäre alles anders gelaufen. Aber das war nicht möglich damals. In den ersten Wochen gab es keine Post und auch sonst keine Möglichkeit, jemanden eine Nachricht zukommen zu lassen. Zudem hatten die Besatzungsmächte das ganze Reich in vier große Zonen eingeteilt. Mich hatten die Panzer mit in den amerikanisch besetzten Teil mitgenommen. So verloren wir uns aus den Augen.

Im Sommer 1948, als in Deutschland alles sich anschickte, nach den Hunger- und Elendsjahren wieder ein halbwegs normales Leben zu beginnen, wurde mir durch irgendeine Behörde das mitgeteilt, was ich lange befürchtet hatte. Das Schreckliche Bangen war zur Gewissheit geworden: meine ganze Familie war in Theresienstadt umgekommen, während ich bei Ihrem Großvater unterm Stroh meine eigene Rettung betrieb. Da wusste ich endgültig, dass ich in diesem Land nicht bleiben konnte. Es ist sehr schwer, der einzige Überlebende zu sein. Das lastet auf einem wie ein dunkler Vorwurf. Denn womit hatte ich es denn verdient, davon gekommen zu sein?"

Eine Weile lastete das Schweigen wie Blei zwischen ihnen, während die zierliche weißhaarige Dame köstlichen Saft in die Gläser nachfüllte.

„Sind Sie hier denn heimisch geworden?" fragte Martin schließlich. Der alte Mann sah fragend zu seiner Frau, die wieder schweigend wie zuvor zwischen ihnen saß und kein einziges Wort in deutscher Sprache verstanden hatte, aber vielleicht doch ihren Sinn.

„Ich habe Freunde gefunden, eine liebe Frau, Kinder und Enkel. Ich bin bei meinen Wurzeln angekommen. Aber heimisch? Ich weiß nicht. Vielleicht kann einer wie ich das nirgendwo werden ..."

Es war spät geworden, als sie endlich aufbrachen. Als die Letzten ihrer Gruppe trafen Martin und Renate in ihrem Hotelzimmer ein. Das Haus lag ruhig. Alle andern mussten wohl längst zu Bett gegangen sein. Nur die Nachtwache an der Rezeption hatte gähnend auf sie gewartet.

Der Abschied von David Rosenblatt war ihnen sehr schwer gefallen, obwohl sie nicht mehr viel gesprochen hatten. Der alte Mann hatte es sich nicht nehmen lassen, sie zurück zu bringen.

„Es gibt kein Vergessen", hatte er irgendwann unterwegs angefangen, „Eines Tages ist es wieder da, das Gute ebenso wie das Schlechte. Und vor allem das, was man vergessen wollte."

„Wollten Sie denn meinen Großvater auch vergessen?" fragte Martin. David Rosenblatt stöhnte.

„Nicht Ihren Großvater! Den nicht Aber mein eigenes Schweigen. Die Tatsache, dass ich mich noch einmal hätte melden müssen. Schließlich hatte Ihr Großvater mir unter eigener Lebensgefahr mein Leben gerettet. Und ich habe ihm nicht einmal Dankeschön gesagt ...

Heute weiß ich, dass ich es hätte tun müssen, irgendwie eine Möglichkeit finden. Aber damals – es gab täglich neue Gründe, die mich davon abhielten, so dass ich es immer wieder hinaus schob, so dass es immer schwieriger wurde, ihm alles zu erklären. Und je länger ich wartete, desto mühsamer wurde es ... wie immer, wenn man etwas immer neu verschiebt.

Am Ende ließ ich es geschehen, dass all das Neue, das die Gegenwart forderte, die Erinnerung an die Vergangenheit verdrängte. An die bedrängende und leider auch an die Hilfe, die ich erfuhr ... Aber Hannes, Ihr Großvater ... er hat mich nicht vergessen! Hat, wenn ich Sie recht verstehe, fünfzig Jahre unter meinem Schweigen gelitten, während ich ein neues Leben begann." Er versank immer tiefer in seinen Sitz.

"Das verzeihe ich mir nie!" stieß er hervor. Gut, dass die Straße in diesen Augenblicken seine volle Aufmerksamkeit erforderte, dachten Martin und Helga, es wäre ihnen peinlich gewesen, den alten Mann weinen zu sehen.

Ehe er sich am Hotel verabschiedete, gab er Martin noch seine Telefonnummer.

„Auf alle Fälle", sagte er, „Lassen Sie es mich bitte wissen, wenn er ..." Das Wort sprach er nicht aus.

Einige Tage später, nach einer ausgiebigen Fahrt durch den Süden Israels, kehrte die Reisegesellschaft spät abends noch einmal nach Jerusalem zurück. Am nächsten Morgen, schon aus dem Flughafen in Tel Aviv, rief Martin noch einmal ganz aufgeregt bei David Rosenblatt an.

„Es geht ihm besser!" sagte er staunend, „Gestern Abend habe ich noch einmal mit meinem Onkel in Schneebergsweiler gesprochen. Es sei wie ein Wunder, sagte er, ganz ruhig sei der Großvater geworden, brauche keine Medizin mehr, rede unentwegt, sogar von früher, und habe bereits für kurze Zeit das Bett verlassen. Er rufe auch nicht mehr Ihren Namen, flüstere ihn aber, wenn er sich unbeobachtet glaube, leise und anscheinend glücklich vor sich hin ..."

12.

Vom Telefon hatte Hannes Karger nie viel gehalten. Aber er hatte wenigstens die Jungen nicht daran gehindert, eins anzuschaffen. Doch noch jetzt, nach Jahren, zuckte er jedes Mal zusammen, wenn das Signal ertönte. So auch an diesem Tag, bis Konrad ihm mit allen Zeichen der Überraschung den Hörer hinhielt.

„Für dich, Vater! Aus Jerusalem. David Rosenblatt!"

Mit zitternden Händen führte Hannes das bisher so verpönte Gerät ans Ohr.

„David! Du? schrie er hinein.

„Ja. ich." Dann versagte dem an der andern Seite der Leitung die Stimme. Und auch Hannes fand die Worte nicht, die er suchte. Sie stammelten sich gegenseitig etwas in die Muscheln. Für Hannes war es das erste Telefongespräch seines Lebens.

„Ich komm dich besuchen". versprach David schließlich spontan, „Wenn es dir Recht ist."

„Natürlich! Wann?"

„So bald es mir möglich ist."

Johannes Karger hielt den Hörer noch eine Weile in der Hand, ehe er ihn feierlich zurück legte.

„David – David Rosenblatt ..." wiederholte er wieder und wieder.

„Wer ist David Rosenblatt?" fasste sich Konrad schließlich ein Herz, ihn zu fragen. Und zu seinem größten Erstaunen antwortete der bis vor kurzem so wortkarge Alte, erzählte und erzählte. Alles, was er über fünfzig Jahre für sich behalten und woran er gelitten hatte bis zur Verzweiflung. Und mit jeder neuen Episode war es, als löse sich ein Stück des schweren Schleiers, der bisher sein wahres Ich verhüllt hatte.

Es dauerte jedoch um einiges länger als David dachte, bis er sein Versprechen wahr machen konnte. Drei Tage nach seinem ersten Anruf in Deutschland seit 1945 geschah das Attentat auf Rabin, das nicht nur Israel, sondern die ganze Welt erschütterte. Nachbarn und Freunde, selbst seine eigene Familie, alle schüttelten die Köpfe über den alten Mann, der ausgerechnet in diesen unsicheren Zeiten in das Land des Schreckens fliegen wollte.

„Könnt ihr mir sagen, wann wir hier jemals sichere Zeiten erlebten?" hielt er ihnen entgegen und ließ sich nicht von seinem Plan abbringen.

Nach der christlichen Zeitrechnung hatte ein neues Jahr begonnen. In Schneebergsweiler war es still geworden. Nicht nur die Stille des Winters, dessen weiße Decke wie immer alle Laute dämpfte. Eine andere Stille war in Hannes Kargers Haus dazu gekommen. In dem Maße, in dem Hannes sein eigenes Leben wiederkehren spürte, entschwand das seiner Frau zusehends. Erlosch wie eine kleine Kerze leise und unauffällig, so wie sie die ganzen Jahrzehnte hindurch an Hannes' Seite gelebt hatte. Zum ersten Mal sahen seine Kinder und Enkel Zeichen der Erschütterung in Hannes' Gesicht. Zum ersten Mal in ihrem Leben erlebten sie, dass er weinte.

Unter all den vielen schwarzgeränderten Briefen, die Hannes und seine Familie erreichten, war einer aus Jerusalem, den er wieder und wieder las.

Und dann, ziemlich genau einundfünfzig Jahre, nachdem er seine Zuflucht im Stroh der Scheune verlassen hatte, betrat David zum ersten Mal wieder deutschen Boden, zunächst die sterile Atmosphäre des Flughafens. Hannes und Konrad erwarteten ihn in der Ankunftshalle.

„Ich weiß ja gar nicht, wie er jetzt aussieht", war Hannes plötzlich erschreckend eingefallen, „Womöglich erkenne ich ihn nicht mehr!"

„Dann lassen wir ihn eben ausrufen", hatte Konrads praktischer Sinn entschieden. Doch es war nicht nötig. So bald er die letzte Kontrolle durchschritten hatte, stürzten sie beide auf einander zu und umarmten sich.

Wenig sprachen sie auf dem Rücksitz in Konrads Auto, genossen nur jeder die Nähe des andern. Erst als das Dorf in Sicht kam, wurde David unruhig.

„Können Sie hier anhalten?" fragte er zögernd am Eingang des Dorfes. Langsam stieg er aus und sah sich forschend um. Sein Gesicht wurde fahl. Kein „Hirtenhaus" mehr, nur höchstens eine etwas erhöhte Stelle in dem Acker, wo es seiner Erinnerung nach einmal gestanden haben musste. Nichts, aber auch gar nichts erinnerte mehr an die Menschen, die einst dort gelebt hatten. Selten in seinem Leben kam er sich so verloren vor wie hier.

„Nichts ist übrig geblieben", sagte er tonlos, als er wieder einstieg, „Dass es kein Grab gab, wusste ich. Aber nicht einmal ein kleiner Stein der Erinnerung. Keine einzige Spur. Das tut weh.."

Stumm fuhren sie weiter, langsam durch das ganze Dorf, an der alten Schule vorbei, die lange schon keine mehr war, an Häusern, die er noch kannte und an andern, die so erneuert worden waren, dass er sich an ihren damaligen Zustand nicht mehr erinnern konnte. Und plötzlich hielt David den Atem an.

„Die Scheune!"

„Auch da muss ich dich enttäuschen", wehrte Hannes leise ab, „Es ist nicht mehr deine Scheune. Zwar derselbe Platz und der alte Grundriss. Ich habe sie nach dem Brand Stein um Stein selbst wieder aufgebaut, haargenau wie die alte."

„Nach welchem Brand?"

„Später", winkte Hannes ab, während Konrad den Wagen zum Halten brachte. Tief aufatmend, aber schweigend betraten sie das Haus.

Am Abend saßen sie lange bei einander in der Altenstube, die Hannes nun nach dem Tod seiner zweiten Frau allein bewohnte. Gemächlich stopfte er seine Pfeife und zündete sie an. Da aber brach es aus David heraus:

„Nun sag mir endlich, Hannes, was ist damals passiert mit der Scheune?"

„Ist das so wichtig?" gab Hannes die Frage zurück. Seine Stimme hatte mit einem Mal wieder den schroffen und abweisenden Ton wie während der ganzen Jahrzehnte, wenn einer es wagte, eine Frage an ihn zu richten. Nach einem kräftigen Zug aus der Pfeife knurrte er schließlich:

„Was soll schon gewesen sein? Abgebrannt ist sie. Als die Amis kamen. Ob Granate oder Bomben – was solls? Ich hab nicht danach gefragt. Sie war weg. Und du anscheinend ..."

Er zögerte. Und plötzlich begriff David Rosenblatt.

„Soll das heißen, du hast die ganzen Jahrzehnte geglaubt, ich sei mit verbrannt?" Er schlug die Hände vor das Gesicht und stöhnte nur immer wieder:

„Mein Gott! Mein Gott!"

„Warum hast du mich in dem Glauben gelassen? Warum hast du mir das angetan, David?" fragte Hannes leise. David Rosenblatt schüttelte den Kopf.

„Weiß man das immer, was man einem Menschen antut, wenn man eine Entscheidung für sich selber trifft? Oder auch eine solche vermeidet aus welchen Gründen auch immer?"

Er starrte vor sich hin und dann nach draußen, wo die Scheune stand, das Abbild derer, in der er anderthalb lange, bange Jahre seines Lebens verbracht hatte.

„Wieso hast du meinem Besuch zugestimmt? Du musst doch eine ganz tiefe Wut auf mich in dir tragen, dass ich dich in diesem Glauben gelassen habe?" fragte er endlich zögernd.

„Warum sollte ich? Jeder macht einmal einen Fehler. Dass du mich enttäuscht hast, war schlimm. Sicher. Aber heute weiß ich, dass etwas anderes schlimmer war: dass ich nämlich auf Gott sauer war, die ganze Zeit. Weil er mir alles nahm, was ich liebte. Und weil er zuließ, dass alles, was ich deinetwegen an Angst und Entbehrung riskiert hatte, im letzten Augenblick dann doch scheinbar umsonst gewesen war ..."

„Was schieben wir Gott nicht alles in die Schuhe!" seufzte David, „Ich wollte, ich könnte das alles ungeschehen machen."

„Das möchten wir alle immer wieder. Aber wir müssen damit leben. Mit der Schuld, die wir kennen, - und mit der, von der wir vielleicht nichts ahnen."

Obwohl so vieles zwischen ihnen zu reden gewesen wäre und obwohl sie ohne fremde Zeugen Stunde um Stunde da saßen, sprachen sie an diesem Abend kaum mehr miteinander. Nur ihre Gedanken arbeiteten. Und sie fühlten, wie nahe und wie fern sie einander dabei waren.

Am andern Morgen bestand David darauf, noch einmal das Wingertshäuschen aufzusuchen. Hannes versuchte, es ihm auszureden.

„Ich bin seit Jahren nicht mehr da drüben gewesen", entschuldigte er sich, „Das Land ist inzwischen Teil einer großen Weide geworden. Konrad führt ja jetzt den Hof. Es gab keine Ursache für mich, noch einmal dahin zu gehen. Ich habe keine Ahnung, was wir dort noch finden werden."

„Weniger als von meinem Elternhaus ist nicht mehr möglich", stöhnte David.

Es war weniger als sie gefürchtet hatten. Die letzten Steine waren zerfallen und lagen jetzt mit Erde bedeckt als eine kleine, kaum sichtbare Erhebung in dem schon zu ihren Kindertagen aufgegebenen Wingert, von Moos, Disteln und Dornen überwuchert. Nicht anders als dort, wo einst das Hirtenhaus stand

„Keine Spur mehr", sagte Hannes enttäuscht, „Weder von meinem Ur-Urgroßvater noch von uns."

„Ob auch wir einmal so spurlos verschwinden?" seufzte David Rosenblatt, „So wie meine Eltern und meine Schwestern und mein Onkel und die Vielen aus unserer Gemeinde, die der Krieg verschlungen hat ..."

„Und die sechs Millionen außer ihnen ..." Hannes stöhnte laut, „Wie schnell man doch zum Opfer werden kann!" Er fühlte sich plötzlich mitschuldig, obgleich er doch einer der Wenigen war, die versucht hatten, wenigstens einem einzigen Menschen den Opfergang zu ersparen.

„Und wie schnell zum Täter", fügte David Rosenblatt hinzu und legte den Arm um Hannes' Schulter, „Oft iohne es z u wissen wie ich in meiner Geschäftigkeit. Wenige von den einen wie von den andern haben es wirklich gewollt, was sie nicht verhindert haben. Aber es ist geschehen."

„Und nun tragen wir und unsere Nachkommen daran als Täter oder als Opfer. Und manchmal werden die Täter zu Opfern ..."

„... Und die Opfer zu Tätern – und merken es nicht. Aber wenn man es plötzlich erfährt, dass nicht nur die Andern schuldig wurden, dann kommt das schreckliche Erkennen über einen ..."

„Oder die Erlösung", fuhr Hannes fort und griff nach Davids Hand, „Hab Dank, alter Junge, dass du noch einmal hierher gekommen bist!"

Rosenblatt wehrte ab.

„Das Danken gebührt einzig mir." Er sah zum Himmel auf, wo Wolken und Blau in rascher Folge wechselten.

„Ich weiß nicht, Hannes, ob du noch an Gott glauben kannst", sagte er, „Ich jedenfalls habe ihn trotz allem nicht verloren."

„Ich hoffe, ich habe ihn wiedergefunden", meinte Johannes, „Oder er mich. Vielleicht gibt es ihn doch noch. Leicht ist es nicht, nach dem allem, was in diesem Jahrhundert geschah, sich noch auf ihn zu verlassen."

„Aber nur so können wir weiterleben", behauptete David und fuhr mit großer Traurigkeit fort: „Nur - wer will das? Wer wagt es wirklich, Gott die Rache zu überlassen? Auch mein Volk, das es doch wissen müsste, nicht."

„Vielleicht ist zu viel Schreckliches geschehen", versuchte Hannes zu widersprechen, „Die Völker wagen es nicht mehr, sich auf etwas anderes als auf sich selbst sich zu verlassen."

„Aber die unaufhörliche Vergeltung, der Ruf nach Rache von beiden Seiten, macht alles nur noch viel schlimmer. Wenn wir Menschen doch endlich wagen könnten, statt Rache auf Vergebung zu setzen! Wenn wir doch endlich begreifen könnten, dass wir nur aus der Vergebung leben können!"

Hannes sah ihn an in einer Mischung aus Erstaunen und Bewunderung.

„Dass ausgerechnet du als Jude das sagen kannst! Uns hat man einst weismachen wollen, der Gott der Juden sei ein Gott der Rache. Und erst durch Jesus aus Nazareth habe er den Menschen sein wahres, liebendes und vergebendes Antlitz gezeigt." Ihn schauderte plötzlich.

„Wieviel Unrecht ist im Lauf der Jahrhunderte in dessen Namen geschehen!" stieß er hervor – und nach einer Weile lastenden Schweigens:

„Meinst du wirklich, dass Auschwitz je vergeben werden kann?"

„Auschwitz zu vergeben oder zu behalten – das ist Gottes Sache", gab David leise zurück. „Aber dass wir im Kleinen, im ganz Persönlichen, Vergebung erfahren, dass ich weiß, dass mir persönlich vergeben wird, dass Gott mir vergibt – und dass du, Hannes, auch mir vergeben kannst, darauf kommt es an, glaube ich. Dafür lohnte es sich, noch einmal hierher zu kommen. Davon können wir Menschen leben und immer wieder neu beginnen."

„Auch nach fünfzig Jahren noch?" fragte Hannes mit dem Verlangen eines Dürstenden in der Wüste und spürte, wie die fünfzigjährige Bitterkeit seines Lebens sich langsam zu lösen begann.

Lange standen sie so. Ihre Blicke suchten den Himmel. Aber sie fanden die Erde. Vor ihnen lag Schneebergsweiler im strahlenden Licht eines ersten Frühlingstages. Und mitten in der Kälte der noch kahlen Felder atmeten sie die wärmende Kraft der Sonne, die sie umflutete.

Von Wilma Klevinghaus
erschien bereits bei Books on Demand:

Die Engel
sind unter uns

Erzählungen und Gedichte

ISBN 3-8334-0883-9

Wilma Klevinghaus

geboren 1924 in einem pfälzischen Dorf. Nach dem Besuch der damaligen Lehrerbildungsanstalt von 1945-1951 an mehreren pfälzischen Schulen tätig gewesen. Nach der Heirat mit Pfarrer Paul Klevinghaus von 1951-1957 im Sauerland, danach in und seit 1984 bei Düsseldorf wohnhaft.

Schreibt seit Kindertagen Erzählungen und Gedichte, später auch Laienspiel- und Liedertexte, meist in Anthologien, Zeitschriften usw. veröffentlicht.

Eigene Werke:

ein Kinderbuch,

vier Bände Erzählungen,

vier Gedichtbände,

ein Esssay zu Fotos,

mehrere Laienspiele

Ein autobiografischer Roman „Und plötzlich ist alles wieder da" im Internet unter www.wilma-klevinghaus.de